전지적 루이&후이 시점

매일매일 자라나는 우리의 이름을 불러주세요.

루이바오와 후이바오는 그렇게 특별해지는 거예요!

쌍둥이 아기 판다의 슬기로운 도전 빛나는 시작

전지적 루이&후이 시점

에버랜드 동물원
송영관 글 · 류정훈 사진

prologue

슬기롭고 빛나는 판다월드

안녕? 우리는 국내 최초 쌍둥이 아기 판다 루이바오, 후이바오예요!
용인시 에버랜드동 판다월드에 사는 특별한 바오패밀리를 소개할게요.

엄마 아이바오

세상에서 제일 아름다운 우리 엄마예요. 엄마는 우리를 보살피는 요즘, 푸바오 언니가 많이 생각난대요. 그때는 엄마도 엄마가 처음이라 잘 못해준 것이 많대요. 그래도 그 경험으로 우리를 더 잘 보살필 수 있어서 고맙고, 미안하고, 보고 싶대요. 엄마는 늘 우리를 지켜보면서도 해야 하는 것들을 직접 보여준답니다. 재촉하지 않죠. 우리도 커서 꼭 엄마처럼 훌륭한 판다가 될 거예요!

아빠 러바오

낭만 판다, 러부지는 우리 아빠죠! 아빠는 일편단심, 엄마만 사랑한대요. 우리 판다의 특성상 함께하지는 못하지만, 그래도 엄마를 만나는 날에는 그동안 마음에 담아둔 사랑을 많이 표현한대요. 작은할부지가 그랬는데요. 우리가 태어나던 날, 아빠는 자다가 깨서 깜짝 놀라며 울었대요. 우리를 사랑하는 멋진 아빠가 있어서 항상 고마워요. 우리도 커서 꼭 아빠처럼 멋진 판다를 만날 거예요!

작은할부지 송바오

작은할부지는 우리들의 영원한 친구예요. 가끔 엄마처럼 바닥에서 뒹굴며 우리와 레슬링도 하죠. 정말 장난꾸러기예요! 작은할부지 별명은 튱바오예요. 그는 별명을 참 좋아해요. 왜냐면 튱바오라고 부를 때마다 더 불러달라고 튱바오, 튱바오 하거든요. 작은할부지도 엄마와 함께 우리를 보살피면서 푸바오 언니가 많이 생각난대요. 우리가 있어서 참 고맙대요. 우리도 튱바오가 있어서 기뻐요!

첫째 루이바오

나는 루이바오! 판다월드의 슬기로운 보물이죠. 국내 최초 쌍둥이 아기 판다 중 첫째인 나는 2023년 7월 7일 새벽 4시 52분에 180그램의 분홍색 꼬물이로 태어났어요. 134일 동안 엄마 배 속에서 슬기롭게 빚어졌죠. 작은할부지가 그러는데 저를 가만히 보고 있으면 언니가 많이 떠오른대요. 다행이에요. 헛헛할 우리 가족의 마음을 채워줄 슬기로운 보물이 돼야겠어요. 루히힛!

둘째 후이바오

난 후이바오, 판다월드를 밝히는 빛나는 보물이죠! 엄마 배 속에서 사랑을 먹느라 늦는 바람에 둘째가 됐어요. 제가 먹는 걸 참 좋아하거든요. 난 루이가 태어나고 1시간 반쯤 지난 6시 39분에 태어났답니다. 다들 깜짝 놀랐죠. 우리가 쌍둥이라는 건 엄마와 우리만 아는 비밀이었거든요. 내가 나올 때 환하게 웃던 작은할부지의 표정을 잊을 수 없어요. 앞으로 막내딸의 활약을 지켜봐주세요. 후헤헷!

행복에 행복을 더하는 사랑, 우리는 쌍둥이 판다예요!

호기심 가득 알콩달콩, 함께이기에 더 행복해요!

슬기로운 도전, 빛나는 시작!
우리의 세상은 넓어질 거예요!

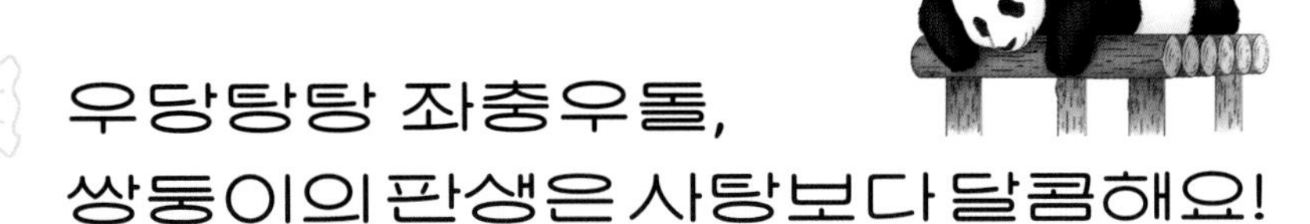

4장 우당탕탕 좌충우돌, 쌍둥이의 판생은 사탕보다 달콤해요!

행복에 행복을 더하는 사랑, 우리는 쌍둥이 판다예요!

쌍둥이 아기 천사의 인사

2023년 7월 7일 0일 차

오늘은 다시 한번 나의 판생에서 잊지 못할 날이에요. 행복에 행복을 더하는 보물들이 찾아왔기 때문이죠. 새벽부터 배가 아파오기 시작했고요. 세상 밖으로 나갈 때가 되었다며 녀석들이 배 속에서 난리였죠. 맞아요, 그때까지만 해도 아무도 몰랐어요. 푸바오의 동생들이 쌍둥이라는 사실을요. 모두를 깜짝 놀라게 해주고 싶어서 나만 알고 있었지요. 쌍둥이들이 배 속에서 실랑이를 벌인 지 1시간 만인 새벽 4시 52분, 첫째가 모습을 보였어요. 그로부터 약 1시간 반이 지난 6시 39분에 둘째가 자신의 존재를 알렸답니다. 다행히 둘 다 목소리도 우렁찼고 아주 건강했어요. 푸바오가 태어나면서 엄마가 된 나는 그렇게 쌍둥이 아기 판다의 엄마로 다시 태어났어요. 함께 지켜보던 모두가 놀라워하며 기뻐했죠. 나중에 쌍둥이가 자라면 꼭 말해줄 거예요. 행복에 행복을 더해준 쌍둥이가 우리에게 그리고 세상에 얼마나 소중한 존재인지 말이에요.

쌍둥이 아기 판다가 탄생한 바로 그 순간이죠!
꼬물이들이 세상을 향해 우렁찬 목소리를 들려줬어요.

첫째 일바오는 내 품속에서 지내요.
빼꼼 내민 얼굴이 보이나요?

둘째 이바오는 잠시 아빠들의
따뜻한 손을 빌리기로 했어요.
세상을 향해 인사하는 이바오, 어때요?

아직 눈도 뜨지 않은 분홍 꼬물이들이지만, 야생동물의 본능이 살아 있는 듯하죠. 이번이 두 번째 출산이지만 쌍둥이는 나도 처음이라 아기들을 돌보는 과정이 쉽지만은 않아요. 아기들의 건강과 행복을 위해 고민하고 준비해야 할 것이 참 많거든요. 혼자만의 힘으로는 쌍둥이를 돌볼 수 없기에 큰아빠와 작은아빠, 수의사님들 그리고 중국에서 한걸음에 달려오신 선생님까지 힘을 모아주셨답니다. 모두가 발 벗고 나서준 덕분에 쌍둥이는 건강하게 성장할 수가 있겠죠. 나는 내게 주어진 숙명처럼 엄마라는 이 과정에서 다시 한번 최선을 다할 거예요.

작은아빠가 그러는데요. 뜨거운 날씨에 멋진 야생동물이 많은 나라 아프리카에는 이런 속담이 있대요. '한 아이를 키우려면 온 마을이 필요하다.' 부디 쌍둥이 아기 판다가 지금 우리와 기꺼이 함께해주는 가족들의 관심과 사랑을 잊지 않고, 그저 건강하고 행복한 판다로 무럭무럭 자라기만을 바라는 밤이에요. 엄마에게 그리고 이 세상에 찾아와줘서 고맙다고, 부디 엄마의 품에서 평온하게 자라기를 바란다고 말해주고 싶네요.

엄마의 품

포근하고 편안해요

꾸엥! 나는 지금 엄마의 품이에요. 엄마의 숨결이 닿는, 세상에서 가장 안전한 곳이죠. 이곳에 있으면 포근하고 평화롭지만, 땀이 날 정도로 따뜻한 엄마의 체온이 느껴지기도 해요. 나는 배가 고프거나 똥이 마렵거나 불편한 게 있으면 크게 울어버려요. 꾸엥! 꾸엥! 울면 엄마는 나를 정성껏 핥아주죠. 아직 앞이 보이지 않지만 간지럽기도 하고 시원하기도 한 그것이 엄마의 혀라는 것을 나는 알 수 있어요. 엄마의 품은요. 뭐랄까, 마법 같아요. 엄마는 내가 뭘 원하는지 금방 알아차리고 해결해주거든요. 그러면 나의 마음도 금세 차분하고 평온해지죠. 그리고 나는 깨달아요. 무슨 일이 있어도 엄마가 나를 지켜줄 거라는 걸요.

둘째의 궁금증

후이바오

땅둥이가 뭐예요?

꾸엥! 여긴 어디죠? 앞이 보이지 않아요! 잠깐만요, 엉덩이는 왜 시원한 거죠? 앗, 움직일 수가 없어요! 옴짝달싹 못하겠어요. 양쪽에 있는 무언가가 나를 못 움직이게 하잖아요! 묵직한 것 같은데…… 마음이 차분해지고…… 잠이…… 쏟아지네요……. 왜 그런 거죠? 나는 누구인가요? 네? 뭐라고요? 나랑 비슷한 애가 하나 더 있다고요? 따…… 땅둥……땅둥이? 땅둥이가 뭐죠? 뭔지 모르겠으니까…… 일단 나는 좀…… 잘게요. 이따 다시 얘기해요……. 쿨…… 쿨…….

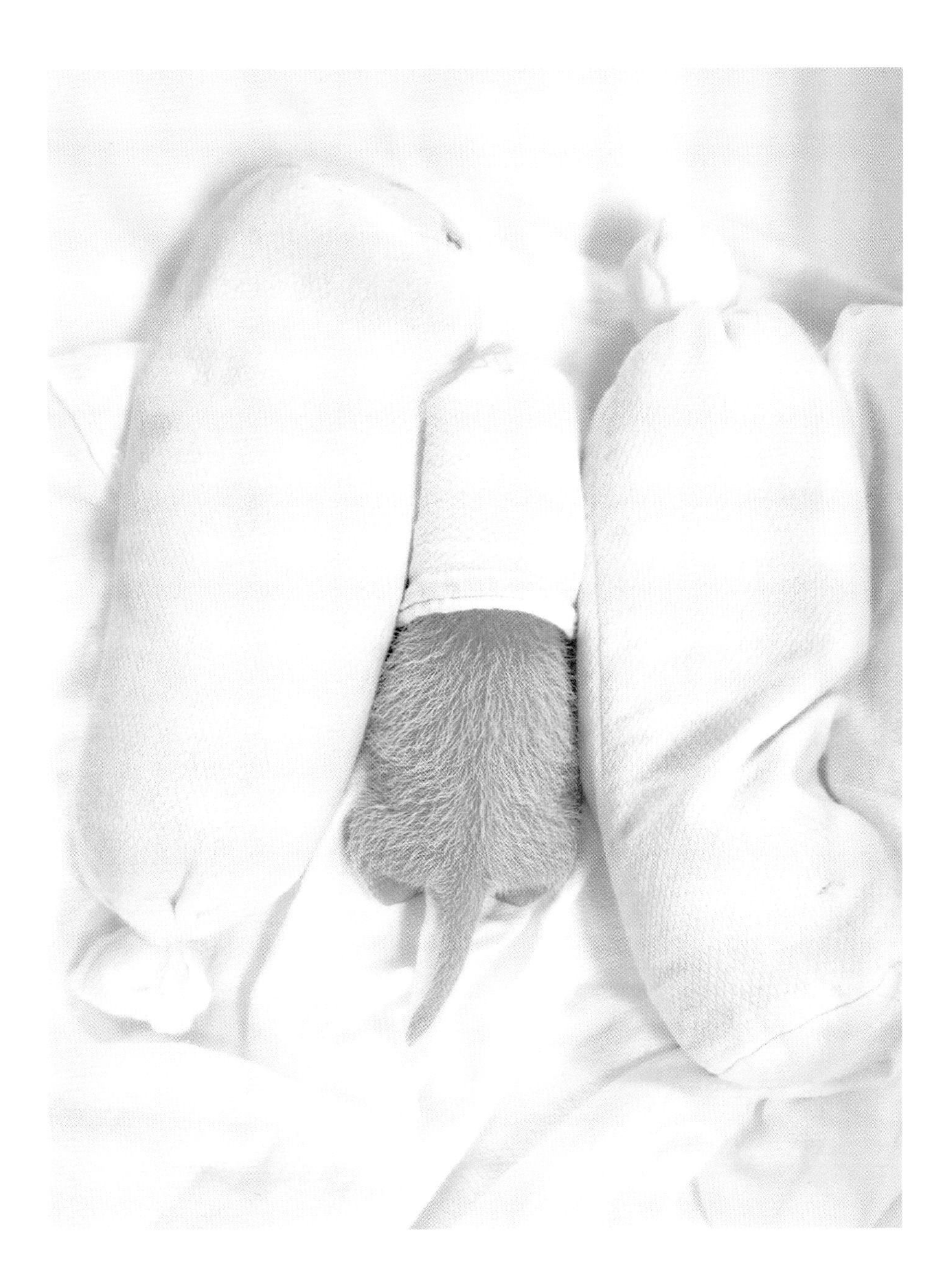

낭만을 아는 나이, 열한 살

쌍둥이 아빠에게도 낭만이 필요하죠!

나는 네 살이 되던 해에 판다월드에 왔는데요. 벌써 열한 살을 맞는 해가 되었네요. 내가 여덟 살이 됐을 때 푸바오가 태어나면서 나도 아빠가 되었죠. 그로부터 3년 만에 다시 쌍둥이의 아빠가 됐네요! 우리 첫째 딸 푸바오도, 이제 막 태어난 우리 쌍둥이 아기 판다 일바오와 이바오도 몸과 마음이 건강했으면 좋겠어요. 많이 보고 싶네요. 오늘은 아이바오와 우리 딸들을 생각하며 하늘을 바라볼래요. 그리고 행복했던 기억을 떠올리며, 마음으로 짧은 편지를 써볼래요. 나는 낭만 판다 러바오니까요.

Le Bao

쌍둥이 아기 판다의 수다 1

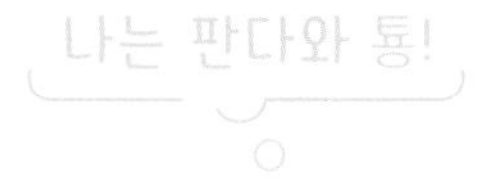

오늘 아침, 엄마 품에 있던 동생이 인큐베이터에 있던 언니를 찾아와 물었어요.

후이 일바오! 잘 지냈어? 분유 먹을 만해?

루이 응, 분유도 엄마 우유만큼 완전 고.소.해!

후이 일바오! 나 너무 많이 먹은 거 같아. 배 많이 나왔지? 히힛.

루이 어디 보자. 어…… 음…… 걱정하지 마, 다 키로 갈 거야.

후이 일바오! 나 볼레로가 작아져서 그러는데 바꿔 입을래?

루이 음…… 미안……. 네가 내 거 입으면 늘어날 것 같아…….

후이 일바오! 엄마가 좋아, 작은할부지가 좋아?

루이 음…… 나는 판.다.와.퉁!

쌍둥이는 짧은 대화를 마치고 약속했어요. 5일 후에 다시 만나게 되면 그때 또 재밌는 대화를 하기로요. 두 녀석이 잠든 걸 확인한 작은할부지 송바오는 둘째는 인큐베이터에, 첫째는 엄마 품에 데려다주었답니다.

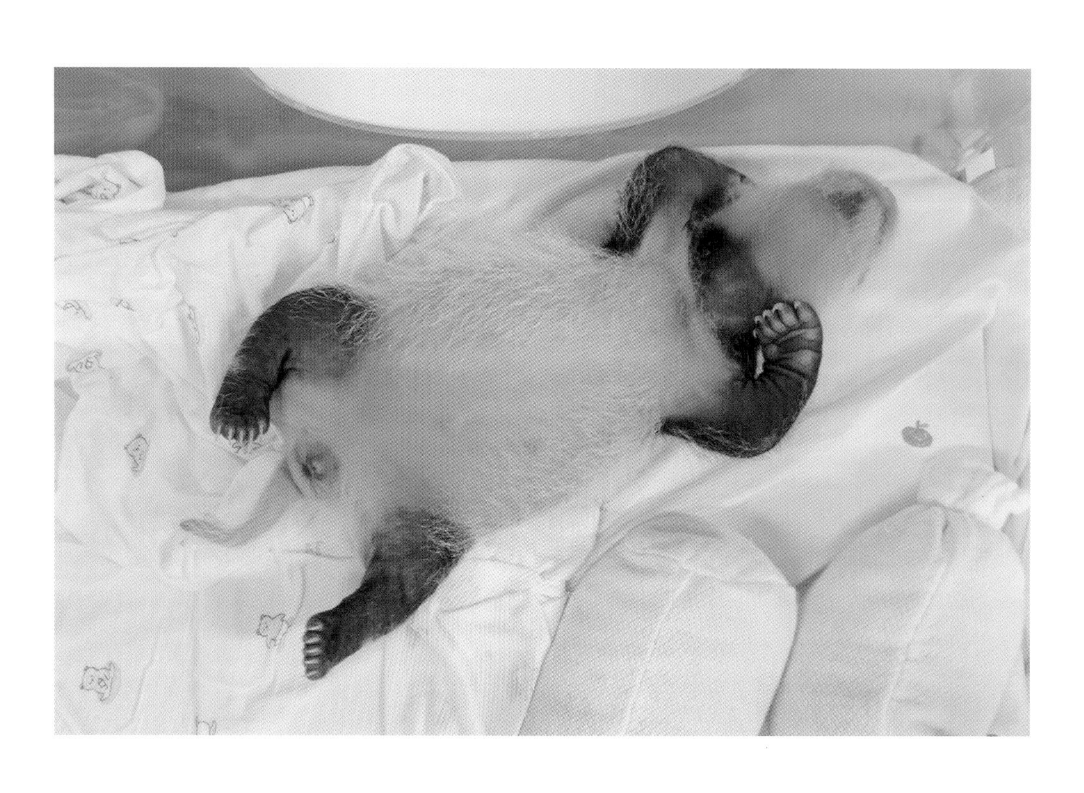

뒤집기 1

세상이 뒤집혔어요!

꾸엥, 꾸엥! 이봐요. 거기 아무도 없어요? 나 지금 뒤집혀서 배가 몹시 시원하다고요……. 미안한데 이불 좀 덮어줄래요? 네? 잠버릇이 우리 푸바오 언니를 닮았다고요? 그럼 언니는 알겠네요. 좀 물어봐주세요. 분명히 똑바로 누워서 잤는데, 왜 뒤집힌 채로 깨는 건지! 아무래도…… 누군가 나의 오동통통한 귀여운 배가 궁금했던 거 아닐까요? 작은할부지 못 봤어요? 좀 불러주세요. 이러다가 나 감기 걸릴 것 같으니까 얼른 와서 따뜻하게 안아달라고 전해주세요. 빨리요!

후이바오

뒤집기 2

나 흘러내리고 있어요!

끄앙! 엄마, 엄마! 그만 자고 나를 좀 봐요. 나 지금 엄마의 품에서 흘러내리고 있단 말이에요! 몰랑몰랑한 나를 받치고 있는 엄마의 손에 힘이 빠지고 있다고요! 이러다 바닥으로 떨어질 것 같아요! 안 되겠어요, 엄마에게 최선을 다해서 꼼지락꼼지락, 꿈틀꿈틀, 움찔움찔 신호를 보내야겠어요. 끄앙! 얼른 다시 끌어올려줘요, 네? 엄마? 엄마!

눈부신 매일매일

2023년 8월 7일 30일 차

한 손으로 아기를 받치고 대나무를
먹을 수 있을 정도로 육아에 적응했어요!

요즘은 하루 사이에 훌쩍 커버리는 쌍둥이 천사를 보며 깜짝 놀라곤 해요. 녀석들은 태어난 지 5일 차부터 부드러운 속털이 자라더니 눈가의 피부가 검은색을 띠었어요. 10일 차에는 어깨, 앞다리, 귀까지 거무스름해지더니 '카디건 입은 판다'의 시기를 맞이했네요. 호호. 14일 차 때는 몸을 감싸는 이불의 실밥이 걸릴 정도로 발톱도 길게 자랐어요. 아기 맹수로서 나름의 날카로움을 뽐내는 걸 보니, 얼마나 자랑스러운지 몰라요. 아기들의 발톱은 아직 딱딱하지 않고 물러요. 털이 빼곡한 나의 배 위에서 움직일 때마다 자연스럽게 다듬어지고 있죠. 세

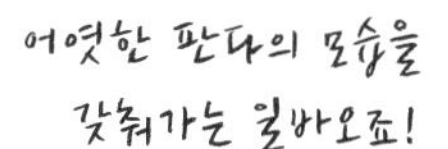

어엿한 판다의 모습을
갖춰가는 쌍바오죠!

상이 궁금했던 언니 푸바오는 15일 차부터 왼쪽 눈을 뜨기 시작했는데요. 쌍둥이는 아직 침착하게 눈을 감고 있어요. 작은아빠 송바오의 말로는 아기 판다는 대개 40일 정도에 눈을 뜨기 시작한대요. 인내심을 가지고 지켜봐야죠.

쌍둥이 아기 천사들이 매일 어떤 모습으로 자랄까 기대하며 기다리는 재미와 혹시 건강에 문제가 있지는 않을까 하는 조바심이 엎치락뒤치락하는 날들이 계속돼요. 푸바오가 성장하던 때를 떠올리며, 오늘 아기들에게 이렇게 말해주고 싶어요. "앞으로 너희들과 함께하는 시간도 분명히 모두에게 행복을 주는 보물이 될 거야"라고요.

어느새 뒤집기도 하고, 번쩍 눈도 뜬 아바오!

엄마인 내가 건강을 회복하고 쌍둥이가 눈부시게 성장할 수 있도록 아빠들과 수의사님들이 철야 근무를 하며 십시일반 마음을 쏟고 있어요. 나도 더 열심히 먹고 더 열심히 자며 판다로서 충만한 하루하루를 보내고 있고요. 아기들을 안은 채로 대나무도 조금씩 먹을 수 있게 된 덕분에 아기들에게 영양가 높은 모유도 먹이고 있답니다. 힘들고 지치기 쉬운 시기이지만, 모두가 사랑과 기쁨을 한가득 느끼며 지내고 있지요.

그리고 그 모든 노력과 시간이 참된 보람으로 다가온 날이 있어요! 바로 아기들이 스스로 뒤집기를 한 날이요. 귀여운 볼레로 무늬가 있는 등만 보여주다가 어느 날 꼬물꼬물 몸을 뒤집더니 뚠뚠하고 사랑스러운 배를 보여주는 거 있죠! 푸바오도 그랬는데, 어느새 그때의 감격을 잊고 있었나 봐요. 그 모습이 얼마나 예쁘던지 터져 나오는 웃음을 참을 수가 없었어요. 그러더니 며칠 뒤에는 그 작은 눈을 살며시 뜨지 뭐예요. 쌍둥이가 세상을 바라볼 준비를 마친 거죠. 자연스럽게 세상에서 가장 빨리 눈을 뜬 아기 판다, 푸바오가 다시 떠올랐답니다. 우리에게 행복을 선물한 푸바오 언니처럼, 쌍둥이도 그저 존재만으로도 큰 사랑과 기쁨을 선물하네요!

이렇게 쌍둥이는 먹고 자는 것이 가장 중요한 시기를 맞이했어요. 그래서일까요? 자기만의 울음소리로 내게 필요한 것들을 말해요. 배고프거나 한기가 느껴지면 '꾸엥 꾸엥' 아기 판다 특유의 보채는 소리를 내거든요. 젖을 달라거나 자세를 바꿔달라는 거죠. 육아는 분명히 힘들고 어려운 일이지만, 건강하게 자라는 아기들을 보고만 있어도 입가에 미소가 지어지는 행복한 일이에요.

아직은 귀여운 천사들을 한꺼번에 안을 수 없지만, 번갈아 안을 때마다 한 녀석도 서운함이 없도록 온 마음을 다해서 안게 돼요. 욕심 부리지 않고 상대에게 양보할 줄 아는 이타적인 판다로 성장하기를 바라면서요.

내가 밥을 먹을 동안,
저쪽 방에서 곤히 잠이 든 아기 판다죠.

짧은 시간이지만 녀석들이 나와 떨어져 잠잘 때가 있어요. 그럼 근처에 놓인 대나무에 손을 뻗어 양손에 움켜쥐고 조용히 먹기도 해요. 착한 아기는 그 시간 동안 보채지 않고 나를 기다려요. 이럴 땐 독립적인 판다의 특성이 벌써부터 돋보이는 듯하죠. 차근차근 세상을 온몸에 담아낼 판다로 성장하는 것 같아 기대가 된답니다. 작은아빠도 녀석들이 얼마나 사랑스러운 판다가 될지 궁금하대요. 쌍둥이가 처음 보고 느끼게 될 이 판다월드가 세상에서 가장 따뜻하고 포근한 곳이 되길 바란대요. 그러고는 자기도 커서 뭐가 될지 아직도 궁금하다고 했어요. 호호호!

첫째 안내서

닮았지만 서로 달라요

엄마 배 속에서 먼저 나온 나는 조심성이 많아요. 혼자 있는 것도 참 좋아하죠. 또 나는 오래 생각하곤 해요. 급하게 움직이지 않아요. 깊이 고민하고 어떻게 행동할지 결정하는 거죠. 내게 갑자기 다가오면 깜짝 놀라서 "앙!" 하고 소리를 지르는 것도 그 때문이에요. 그런 나를 아직 잘 모르는 사람들은 내가 까칠하다고 오해하기도 해요. 나를 이해하려면 서로에게 시간이 좀 더 필요할 거 같아요. 우리 엄마는 그런 내가 신경 쓰이는지 나를 더 많이 안아주고 핥아줘요. 역시 나를 가장 잘 아는 엄마가 있어서 다행이에요. 엄마의 진한 사랑 덕분에 더 진한 나만의 분홍색 털옷을 입게 되었는데요. 공주가 된 것 같아서 무척 마음에 들어요. 히힛!

둘째 안내서

후이바오

나는 멋진 이바오라고요

나는 둘째예요. 사실 첫째로 태어나고 싶었거든요? 그런데 엄마 배 속에 있을 때요. 밖으로 나갈 시간이 되었다는 걸 알았지만요. 엄마의 사랑을 먹느라 정신이 없어서 타이밍을 못 잡았던 거예요! 그렇게 둘째가 되어버렸죠. 쳇, 먼저 나오지 못한 것이 많이 아쉬워요. 맞아요, 나는 엄마 배 속에서부터 용감했어요! 힘도 세고 움직이는 것도 좋아했죠. 밖으로 나온 후에도 마찬가지예요. 그래서 누군가 갑자기 내 앞에 나타나거나 내 몸을 만져도 크게 놀라지 않아요. 그러려니 하죠. 또 나는 궁금한 게 있거나 하고 싶은 게 있으면 일단 경험해봐요. 본능적으로 몸이 먼저 움직이죠. 생각은 그다음에 해도 되지 않겠어요? 헤헷! 작은할부지는 크게 예민해 보이지 않은 그런 내가 온순하다고 생각했나 봐요. 아직 내 마음대로 몸을 움직일 수 없어서 그런 건데 말예요. 얼른 자라서 작은할부지에게 나의 용맹함을 보여줘야겠어요. 깜짝 놀라겠죠? 그때까지는 얌전한 공주님 할래요. 후훗!

서로가 특별해지는 그 이름

루이바오

예쁜 이름이 필요해요

에헴! 여러분, 주목해주세요. 드디어 우리에게도 이름이 필요한 때가 왔거든요! 작은할부지가 그러는데요. 쌍둥이 아기 판다를 사랑하는 사람들이 애정을 담아 우리에게 어울리는 예쁜 이름을 골라줄 거래요. 네? 후보 중에 마음에 드는 이름이 없다고요? 흠…… 걱정하지 마세요. 그럴 수 있어요. 이해하죠. 뭐든 낯설게 느껴지고 입에 잘 붙지 않을 거예요. 그런데 있잖아요. 작은할부지가 알려줬는데요. 우리의 이름은 처음부터 특별하지는 않을 거래요. 대신에 시간이 지날수록 점점 특별해질 거래요. 여러분이 매일매일 자라나는 우리를 그 이름으로 불러주기 때문이래요. 그러니까 이름은요. 사랑은요. 함께 완성해나가는 것 같아요. 우리를 보고 부르고…… 그러면서 서로가 특별해지니까요. 너무 어려워하지 말고 지금 말해보세요. 우리에게 어울리는 그 이름을요!

이름보다 중요한 것

후이바오

아직도 안 골랐어요?

흠냐…… 흠냐…… 네? 뭐라고요?

우리 이름, 아직 결정 안 된 거죠?

벌써 나를 부를 예쁜 이름이 생긴 줄 알았잖아요!

깜짝 놀랐네! 흠냐…… 흠냐…….

있잖아요, 나 지금은…… 졸리니까……

결정되면…… 깨워줄래요?

참! 이름은 내 마음에 쏙 들어야 할 거예요!

안 그러면 작고 귀여운 내 발바닥,

다시는 보여주지 않을 거라고요!

흠냐…… 쿨쿨…….

쌍둥이는 뒤집기 선수들

아이바오

2023년 9월 21일 76일 차

이바오는 엄마 곁에서 편안하게 잠을 자요.
잠이 푹 든 덕에 대나무로 마음껏 먹을 수 있죠.

귀여운 우리 쌍둥이 자매는 매일매일 부지런히 성장하고 있어요. 모유를 먹으려고 엄마의 품을 파고들어 코를 비비며 탐색하죠. 작은 소리에도 빠르게 반응해요. 후각과 청각이 얼마나 빠르게 발달하는지 믿기지 않을 정도죠. 그 속도에 매 순간 놀라요. 참, 양쪽 눈도 다 떴답니다! 세상을 바라보기 위해 애쓰는 모습을 보고 있으면 가끔 눈물이 나기도 해요. 이제 엉성했던 태모는 모두 빠지고 더 촘촘히 털이 났어요. 덕분에 저와 오랜 시간 떨어져 있어도 스스로

언젠가 우리 일바오도 저 바구니에
꽉 찰 정도로 뚠빵해지겠죠?

이바오의 취침 자세는 참으로 독특해요!

체온을 조절할 수 있고요. 이제는 나도 긴 시간 편안하게 대나무 먹기에 집중할 수 있게 되었어요. 녀석들과 떨어져 대나무를 먹고 있으면, 그동안 큰아빠와 작은아빠가 우리의 방을 청소해줘요. 산뜻한 대나무도 잔뜩 준비해주고 녀석들과 나의 건강 상태도 체크해준답니다. 그럼 나는 감사한 마음을 눈빛에 가득 담아 보내죠. 호호.

아직 아기들이지만, 첫째와 둘째는 참 달라요. 첫째는 자기가 원할 때마다 모유를 조금씩 여러 번에 걸쳐 나눠 먹어요. 작은아빠가 그러는데요. 포육실로 가서 분유를 먹을 때는 조금 힘들어한대요. 미각이 발달된 아이인 것 같아요. 모유와 분유를 다 잘 먹는 둘째는 첫째보다 더 뚠뚠해요. 그래도 둘 다 언니 푸바오를 능가한 뚠빵이가 될 것 같다네요! 모두들 무척이나

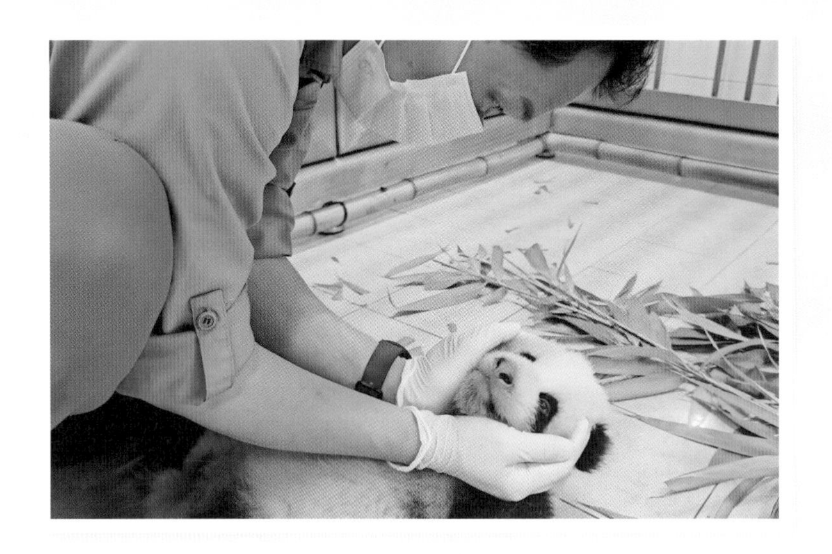

작은아빠는 쌍둥이 아기 판다의 이빨이 얼마나 자랐나 점검해요.

기대하고 있다는데, 그 말에 얼마나 웃음이 나던지요! 호호. 요새 녀석들은 뒤집기 선수가 된 것처럼 배를 드러내고 꿈나라 여행을 즐기기도 하고, 가끔 다리를 쭉 뻗으면서 스트레칭을 하기도 해요. 녀석들이 하마처럼 입을 크게 벌릴 때면 재빠른 작은아빠가 빛보다 빠르게 입 안을 살피는데요. 언제 유치가 올라오나 싶어서 그런대요. 귀엽고 하찮은 쌀알 같은 녀석들의 이빨이 벌써 기대돼요.

이렇게 사랑스럽고 천사 같은 쌍둥이는 닮은 듯 다른 서로의 개성을 뽐내면서 건강하게 성장하고 있어요. 눈에 넣어도 아프지 않을 만큼 눈부신 미모를 뽐내고 있지요. 녀석들을 안고 있으면 부드럽고 포근한 솜털이 나의 근심과 걱정을 녹여주는 듯해요.

엄마의 품에 가득 찰 정도로
커버린 녀석들, 참 기특하죠?

인형처럼 귀여운 쌍둥이의 모습에 때 묻지 않은 순수함이 더해진 그 순간, 나는 더할 나위 없는 행복을 느껴요. 내 품을 가득 채울 정도로 자란 녀석들의 모습을 보면서 생명의 경이로움 또한 느끼죠. 언젠가 오랜 시간이 지나서 녀석들에게 힘들거나 지치는 일이 생길 때 많은 사람이 전한 관심과 사랑을 떠올릴 수 있으면 좋겠어요. 그리고 자신이 야생동물로서 얼마나 대단한 생명력을 가진 존재인지 꼭 기억해주면 좋겠어요.

첫째의 폭풍성장기

몸만 자라는 게 아니라 이빨도 자라요

헤헷. 축하해주세요! 나 태어난 지 77일밖에 안 됐는데요. 이만큼 자랐어요! 몸도 이만큼 커졌고요. 이빨도 났다고요! 푸바오 언니보다 이틀 정도 빠른 거래요. 네? 안 보여요? 왼쪽 아래에서 이빨이 하나 자라기 시작했는데…… 잠깐만요! 작은할부지, 이리 와봐요! 나 좀 도와줘요. 음…… 에아… 버여여(보여요)? 자… 아어이여(잘 안 보이죠)? 작은할부지가 내 이빨 잘 보여줬죠? 네? 우씨! 그래요! 아직은 작지만, 손가락으로 만져야 까슬까슬한 게 느껴지는 정도지만 그래도 예쁘잖아요! 푸바오 언니가 그러는데요. 지금 나오는 이빨은 결국 빠질 것들이래요. 그리고 평생 함께할 이빨이 다시 자랄 거래요. 그래도 매일 세 번 뚠칫솔로 치카치카 잘해야 한대요. 안 그러면 언니처럼 쪼꼬렛 묻은 앞니를 갖게 된다는데, 음…… 귀찮아요. 히힛. 몸무게도 그렇고 언니보다 빠른 게 하나 더 늘어나서 정말 신나요! 난 뭐든지 언니보다 빨라지고 싶다고요. 기대해주세요! 찡긋.

제2의 뚠빵이

이건 비밀이에요!

엄마가 그러는데요.

내가 예상보다 무럭무럭 자라서요.

푸바오 언니가 나만 했을 때보다도

뚠빵뚠빵한 거 같다는 거예요!

그런데…… 뚠…… 빵이가 뭐예요?

무슨 맛있는 빵인가요?

먹는 거예요?

그 빵 나도 줘요!

내 몸무게요?

쉿! 비밀이에요~!

똑같은 보물

2023년 10월 13일 98일 차

꿈나라를 여행하다 엄마의 품에서
눈을 뜬 원바오와 함께 찰칵!

세상 모르고 잠든 이바오!

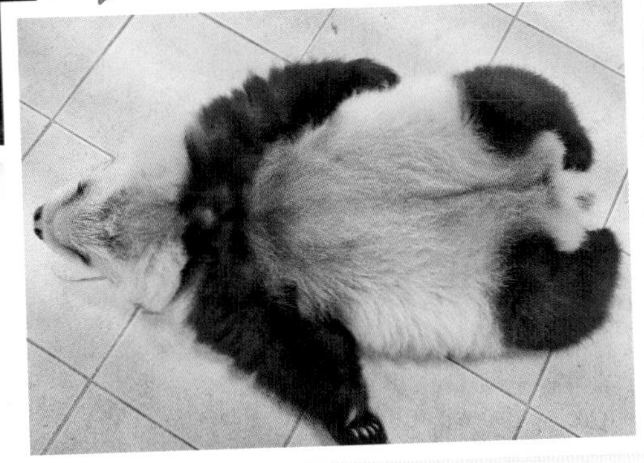

요즘 녀석들은 한시도 가만있지 않아요. 그만큼 많이 성장한 거죠. 앞발에 힘이 생겼는지 상체를 일으켜 앉는 것도 잘하죠. 한번 잠에 빠지면 누가 업어가도 모를 정도로 꿈나라 여행을 해요. 그렇게 자는 아이들을 바라보고 있으면 언제 내 품을 가득 채울 정도로 자랐나, 참 신기하답니다. 이 예쁜 모습들을 하나라도 놓칠세라 두 눈과 마음에 꾹꾹 눌러 담고 있지요.

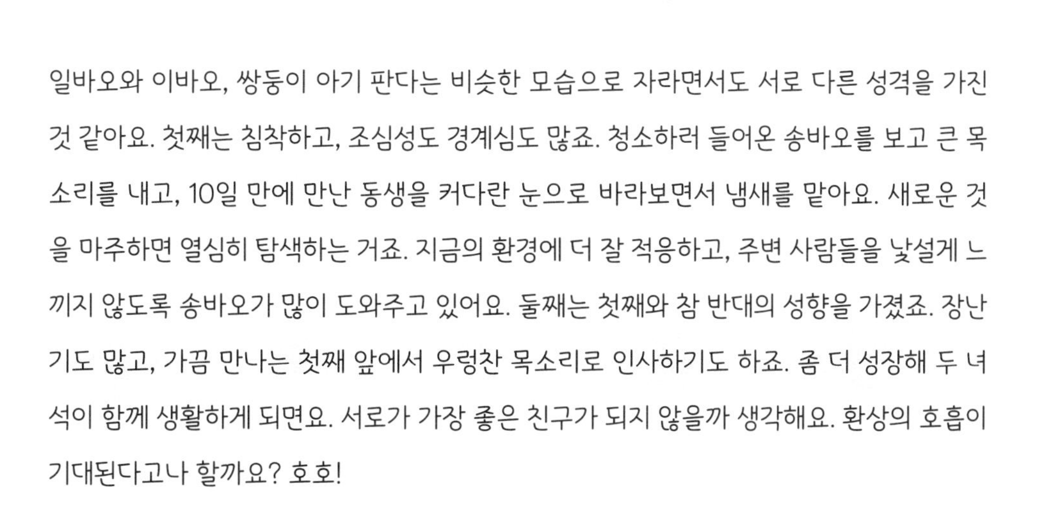

송바오와 셀카를 찍는 첫째와 둘째!
표정만 봐도 녀석들의 성격이
참 다른 걸 알 수 있어요.

일바오와 이바오, 쌍둥이 아기 판다는 비슷한 모습으로 자라면서도 서로 다른 성격을 가진 것 같아요. 첫째는 침착하고, 조심성도 경계심도 많죠. 청소하러 들어온 송바오를 보고 큰 목소리를 내고, 10일 만에 만난 동생을 커다란 눈으로 바라보면서 냄새를 맡아요. 새로운 것을 마주하면 열심히 탐색하는 거죠. 지금의 환경에 더 잘 적응하고, 주변 사람들을 낯설게 느끼지 않도록 송바오가 많이 도와주고 있어요. 둘째는 첫째와 참 반대의 성향을 가졌죠. 장난기도 많고, 가끔 만나는 첫째 앞에서 우렁찬 목소리로 인사하기도 하죠. 좀 더 성장해 두 녀석이 함께 생활하게 되면요. 서로가 가장 좋은 친구가 되지 않을까 생각해요. 환상의 호흡이 기대된다고나 할까요? 호호!

쌍둥이 아기 판다의 수다 2

우리는 슬기롭고 빛나는 보물이에요!

우리는 태어난 지 100일을 맞이해서 각자 예쁜 이름을 갖게 되었어요.
그리고 다 같이 모여서 축하해주고 알리는 시간을 가졌답니다.

루이 우와! 저 사람들 좀 봐! 그런데 왜 이렇게 사람들이 많이 모였지?

후이 아이, 참. 오늘은 우리의 이름을 공개하는 날이잖아!

루이 아, 맞다. 당황해서 깜빡했네. 나 지금 눈 너무 동그랗지?

후이 아이, 괜찮아. 예뻐, 예뻐! 난 내가 더 뚠뚠한 게 들킬까봐 걱정이야…… 쉿!

루이 후이야, 혹시 나만 너무 누렇게 보이지 않아?

후이 그게 너의 매력이야. 앞에 봐, 앞! 사진 찍는다!

루이 근데 여기에 대체 뭐라고 써 있는 거야?

후이 우리 이름이잖아! 루이, 너 긴장 많이 했구나?

루이 오늘 생각보다 많이 떨리나봐. 헤헷.

후이 내가 옆에 있으니까 걱정 말고 긴장 풀어. 우리 이름의 뜻은 알고 있지?

루이 그럼! 나는 '슬기로운 보물' 루이바오! 너는…… 음…….

후이 잘 들어! 너는 루이바오! 나는 '빛나는 보물' 후이바오! 둘이 합치면?

루이 '슬기롭고 빛나는 보물' 루이바오와 후이바오!

루이바오
睿宝 RUI BAO
후이바오
辉宝 HUI BAO

루이바오
睿宝
RUI BA
후이바오
辉宝
UI BAO

주키퍼의 약속

경이로운 생명을 위해 맹세해요!

내가 책임져야 할 소중한 생명이 태어나는 순간은
부모라는 이름으로 다시 태어나는 순간이라 합니다.

여린 생명이 성장하는 시간은
보호자도 함께 변화하는 시간이지요.

자라나는 생명이 맞이하게 되는 날들 또한
모두에게 특별한 생일이고 기념일입니다.

그리고 모든 생명은 언제나
지금과 미래의 주인공이에요.

이 세상의 또 다른 주인공이 될 경이로운 생명들을 위해
기꺼이 조연으로 함께할 것을 다시 한번 약속해요.

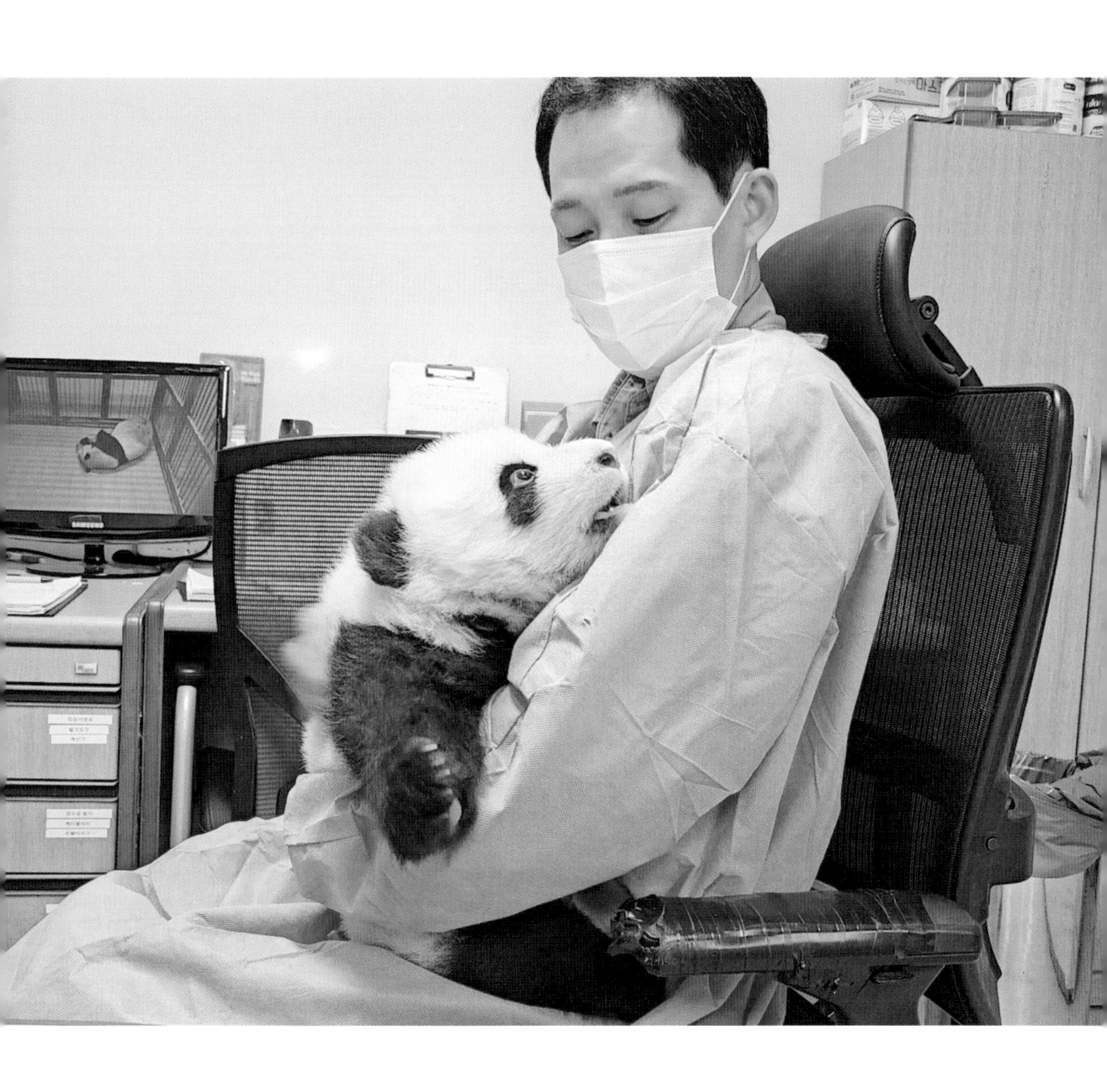

Notes

루이바오와 후이바오라는 두 배의 행복을 선사한 아이바오

2016년 3월 3일, 아이바오는 세 살이라는 어린 나이에 에버랜드에 왔습니다. 사랑스러운 보물이자 세상에서 가장 예쁜 판다였죠. 우리는 아이바오가 올바른 암컷 판다로 자랄 수 있게 최선을 다해 도와주었습니다. 시간이 흘러 2020년 7월 20일, 아이바오는 많은 이의 노력에 힘입어 행복을 주는 보물 푸바오를 만날 수 있게 해주었죠. 아이바오는 그렇게 국내 최초 엄마 판다라는 이름으로 다시 태어났습니다. 그리고 2023년 7월 7일, 많은 이의 관심과 아이바오의 사랑을 한껏 받으며 두 천사가 세상에 찾아왔어요. 아이바오는 너무도 소중한 '국내 최초 쌍둥이 아기 판다' 엄마라는 이름으로 계속 성장하는 중입니다.

사랑과 기쁨과 행복이 가득한 판다월드에 큰 행복을 전해준 쌍둥이 아기 판다는 슬기로운 보물 '루이바오'와 빛나는 보물 '후이바오'라는 애정이 담긴 이름을 선물받았습니다. 그리고 하루가 다르게 자라고 있지요. 생각이 많고 계획적인 성격의 루이바오는 매일매일 조금씩 용기를 채워서 새로운 세상에 발을 내딛고 있고요. 실행력이 넘치는 후이바오는 온몸을 부딪혀 얻은 지식을 통해 살아가면서 무엇을 조심해야 하는지 배우고 있습니다. 쌍둥이는 매일 함께 놀고 자면서도 하루하루 성실히 진정한 판다로 거듭나는 중이죠. 그리고 그 모습을 통해 우리에게 예상치 못한 웃음은 물론 생명의 경이로움을 선사합니다.

아이바오는 푸바오 때보다 발전하고 성장한 '육아 능력'을 바탕으로 쌍둥이 아기 판다가 독립적인 판다로 성장할 수 있게 곁에서 많은 것을 알려줍니다. 다양한 상황에서 내는 울음소리뿐만 아니라 나무를 잘 타는 방법, 위험을 느낄 때 대피하는 방법, 영양가 있는 대나무를 고르고 맛있게 먹는 방법, 안전한 장소를 찾고 이동하는 방법, 물의 위치를 찾고 먹는 방법 등 쌍둥이 판다가 혼자서 살아갈 수 있는 능력들을 자연스럽게 익히게 도와주죠.

그런 아이바오는 마치 따뜻한 햇볕을 계속 내리쬐어주며 아이들이 옷을 벗을지 입을지 그 판단을 재촉하지 않고 존중해주는 '태양 같은 엄마'랄까요. 쌍둥이가 자기를 보고 스스로 깨달을 수 있도록 최선을 다해 모범을 보이고, 따뜻한 시선으로 격려하면서 믿음으로 지켜보죠. 그런 아이바오는 우리에게 최선을 다하는 삶에 대한 깨달음을 전해줍니다.

아이바오와 루이바오, 후이바오는 존재만으로도 엄마의 마음과 어른의 자세를, 생명의 가치와 진정한 성장의 기쁨을 전하는 듯합니다. 사랑과 기쁨이 가득한 판다월드에 행복에 행복이 더해진 큰 선물을 전해준 아이바오와 러바오에게 감사함을 느낍니다. 그리고 이는 바오패밀리가 우리 모두에게 전하는 가장 슬기롭고 빛나는 선물이 될 것입니다.

호기심 가득 알콩달콩, 함께이기에 더 행복해요!

어제보다 사랑스러운 오늘

아이바오

2023년 10월 20일 105일 차

슬기로운 보물 루이바오

빛나는 보물 후이바오

루이바오, 후이바오. 슬기로운 보물, 빛나는 보물이라는 뜻을 마음에 새기며 녀석들의 이름을 불러보는 밤이에요. 큰아빠와 작은아빠, 그리고 바오패밀리를 사랑하는 많은 이의 축복을 받으며 자기만의 이름을 갖게 된 아이들이 앞으로 우리에게 어떤 보물을 선사해줄까요? 벌써부터 기대돼요. 비슷하면서도 서로 다른 두 녀석은 선의의 경쟁을 하듯 엄마와 아빠들의 품에서 열심히 성장하고 있어요. 아직 쌍둥이를 한 품에 안기는 쉽지 않아서 아빠들이 많이 도와주죠.

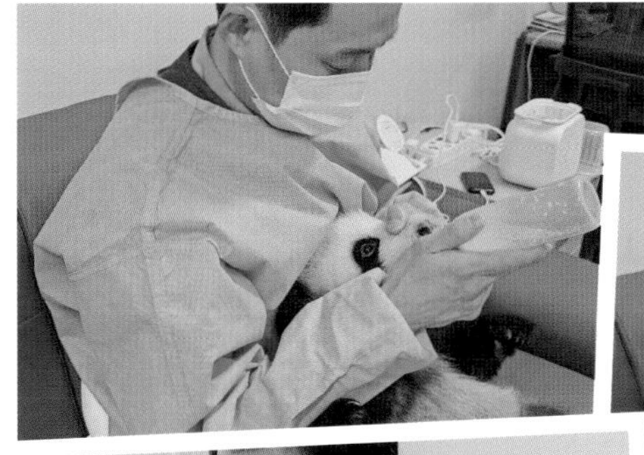

작은아빠가 후이바오에게 분유를 먹이고 품에 안아 트림을 시키고 있어요. 그 뒤로 분만실에서 루이바오와 함께 있는 나의 모습이 보이네요.

작은아빠는 중국에서 온 전문가 삼촌에게 분유 먹이는 법을 배우며 엄청 신경 쓰고 있어요. 아기 판다에게 분유를 먹인 적은 처음이거든요. 작은아빠가 말했죠. 분유를 삼킬 때 기도로 넘어가지 않도록, 입 속으로 공기가 섞여 들어가지 않도록 입 주변을 손으로 꽉 감싸 쥐어야 한다고요. 젖병의 각도와 손의 압력, 먹는 속도를 조절하려면 온 감각을 아이들에게 집중해야 한대요. 최대한 엄마의 품에 있는 것처럼 느끼도록 노력하는 거죠. 작은아빠는 매일 그 실력이 나아지고 있다면서 자랑도 하더라고요! 분유를 다 먹으면 아기들을 안고 등을 토닥토닥해줘야 하는데, 그러다 녀석들이 트림을 하면 얼마나 귀여운지 모른대요. 자기도 따라서 트림하고 싶다는 얘기를 듣고 웃음이 났죠!

작은아빠는 쌍둥이 아기 판다의 성장을 꼼꼼하게 기록하고 있죠!

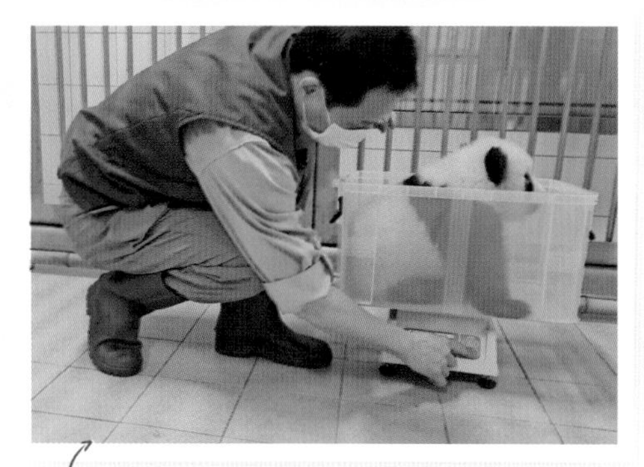

몸무게도 재고요.

뒷다리는 어떤가 볼까요?

어이쿠, 많이도 먹었네!

팔뚝도 굵어졌죠!

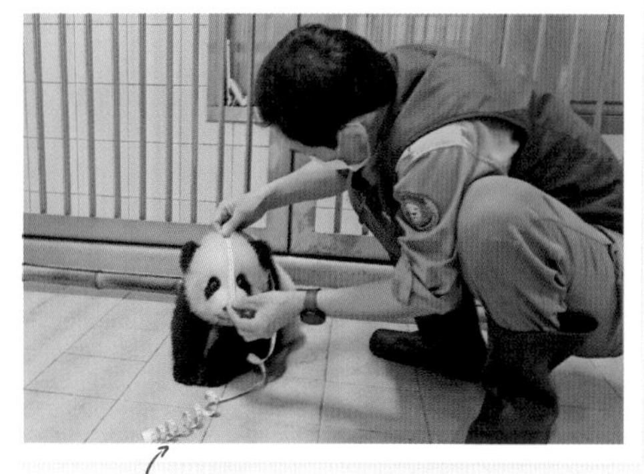

얼굴이 참 귀엽게 길어요!

이제 더 쭉쭉 클 테죠!

아빠들은 매일 녀석들이 얼마나 잘 자라고 있는지를 체크해요. 정기적으로 신체 측정도 하지요. 짧은 뒷다리와 앞다리, 귀여운 얼굴의 길이도, 통통한 배와 찾기 힘든 목의 둘레도 측정하고 기록해요. 참! 가장 귀여운 꼬리의 길이를 재는 일은 작은아빠를 아주 행복하게 한대요. 동글동글했던 입 부분도 조금은 길쭉해졌고, 눈동자도 이젠 정말 동그랗고 선명하게 변했어요. 털도 더 복슬복슬 수북해졌고, 발목의 하얀 털도 어느새 많이 자랐답니다. 호호. 언니 푸바오가 자라면서 그러했듯 녀석들도 수백, 수천 번의 변화를 겪겠죠? 후이바오가 언니 푸바오를 따라 열심히 뚠빵해지고 있고, 루이바오도 속도를 높여 그 뒤를 맹렬하게 쫓고 있어요. 그렇지만 워낙 독보적이었던 언니 푸바오를 따라잡지는 못하지 싶네요. 호호.

아빠들과 녀석들이 매일 조금씩 서로에 대해 알아가는 모습을 보고 있으면, 내가 큰아빠, 작은아빠를 처음 만나고 서서히 가까워졌던 날들이 떠올라요. 느리더라도 좋아요. 나와 러바오가 그랬던 것처럼 녀석들도 큰아빠, 작은아빠, 그리고 세상을 각자의 방식과 속도로 마주했으면 좋겠어요.

쌍둥이가 함께 만난 날이에요.
서로가 서로를 궁금해하는 표정이 너무 귀엽죠?

쌍둥이는 감각이 발달하면서 표현도 좀 더 적극적으로 하게 되었죠. 작은아빠가 그러는데 둘이 함께 만나는 날에는 서로를 느끼면서 다가간대요. 분만실에서 번갈아가면서 한 녀석만 돌보다 보니 그 모습을 보지 못해 아쉬워요. 대신 루이는 후이를, 후이는 루이를 본답니다. 두 눈을 동그랗게 뜨고서요. 얼마 전까지만 해도 서로를 신기해하고 어색해했는데, 이제는 좀 더 친해진 듯하다네요! 특히 루이가 후이를 더 궁금해한대요. 소리도 내고 냄새도 맡고 후이를 두 눈에 담으려고 평소보다 더 크게 눈을 희번덕하게 뜬대요. 루이의 그런 귀여운 표정은 상상만 해도 웃음이 나요. 호호.

후이 앞에서 강한 모습을 보여주는 루이예요.
그날 루이의 목소리가 참 우렁찼다죠.

언제쯤 되어야 쌍둥이가 내 뒤를 총총 따라다니게 될까요? 아빠들은 알겠죠? 한번 물어봐야겠어요. 그날이 빨리 왔으면 하다가도, 오랜 뒤에 왔으면 해요. 엄마의 이런 마음이 참 웃기죠? 그래도 녀석들에게 말해주고 싶어요. 급하지 않아도 된다고. 그저 차근차근 건강하게 자라면 된다고. 너희들도 엄마, 아빠, 언니 그리고 이 세상의 모든 판다처럼 뚠빵해질 테니 걱정하지 말라고요. 엄마의 배 속에서 사이좋게 지내다 이 세상에 건강하게 나와준 것만으로도 엄마는 너희가 참 자랑스럽다고요. 녀석들도 언젠가 엄마의 마음을 이해하게 될 거라 믿어요.

걸음마 연습

차근차근 한 걸음씩!

어젯밤에 나는 결심했어요! 멋지게 걸을 거라고요. 뒷다리에 힘을 줬죠. 후들후들, 네 다리가 춤을 췄어요. 그러다가 쿵, 바닥에 넘어졌죠. 그래도 나는 다시 일어섰어요. 다시 뒷다리에 힘을 팍! 네 다리는 다시 꾸물꾸물, 흔들렸어요. 그러다 다시 쿵, 바닥에 엎어졌죠. 하지만 포기하지 않았어요. 후이가 지금은 나보다 뚠빵하니까, 걷는 건 먼저 하고 싶었거든요. 후이를 앙! 깨물고 멀리 도망가는 장난을 치면 얼마나 재미있을지 상상하면서 계속 힘을 줬어요! 엄마가 나를 끌어안을 때까지요. 엄마가 그러는데요. 천천히 해도 된대요. 시간이 지나면 자연스럽게 대나무도 먹고 죽순도 먹어서 푸바오 언니처럼 뚠빵해질 거래요. 아빠처럼 멋져질 거래요. 엄마처럼 잘 뛸 거래요. 그러니까 얼른 자야 한대요. 잠을 잘 자야 쑥쑥 큰다고요. 나는 엄마 품에서 한참을 뒤척이다가 잠이 들었어요. 그리고 꿈나라에서 엄마처럼, 아빠처럼 후이랑 풀밭에서 뛰어놀았답니다!

불면증

작은할부지, 먼저 잠들면 안 돼요!

잠이 오지 않는 밤이에요. 몸을 뒤집어 하늘도 볼 수 있으니 꼼지락 놀이나 하려고요. 오늘은 작은할부지가 밤새 내 옆에 있을 건가 봐요. 저만치 떨어져서 꼼지락 놀이를 하는 나를 바라보고 있네요. 근데 조금 지쳐 보여요. 어? 작은할부지가 갑자기 내 옆에 누워요. 자는 척하면서 나를 토닥이는 걸로 봐서 빨리 재우고 싶은 게 분명해요. 하지만 미안해요. 후이는 지금 잘 생각이 전혀 없는걸요. 더 신나게 놀아야겠어요. 아니면, 후이랑 같이 놀아요. 네? 일어나요! 먼저 잠들기 없기예요! 헤헷.

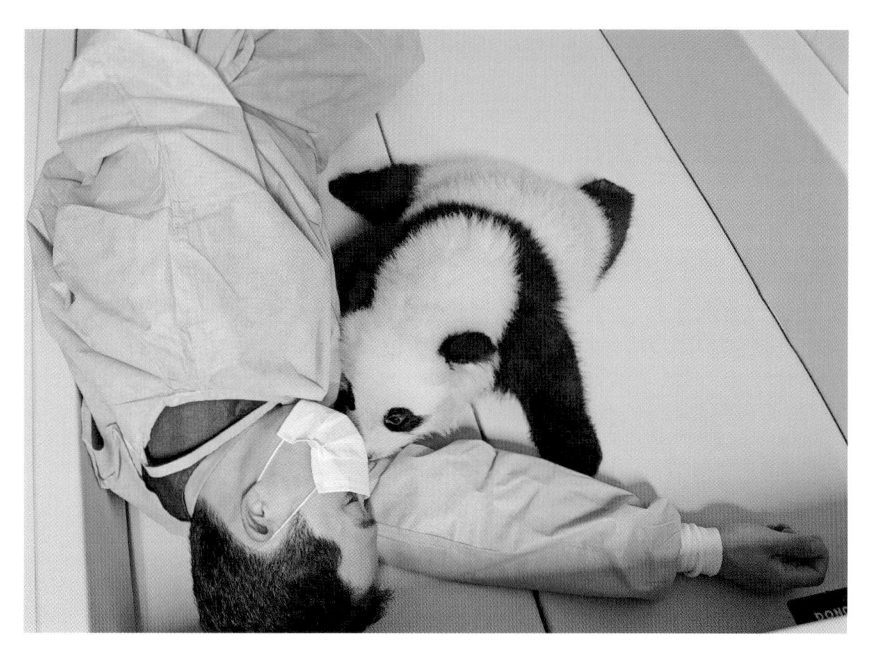

드디어 작은할부지가 나를 재우는 걸 포기했어요. 얏호. 내가 체력이 좋거나 작은할부지가 체력이 약하거나, 둘 중에 하나일 거예요. 이제 나는 손에 닿는 곳이 있으면 잡고 기대어 앉을 수가 있어요. 그래서 가끔 이렇게 앉아서 침대 너머의 세상을 구경하기도 하지요.

헤헷. 안 되겠어요. 나 결심했어요. 침대를 넘어 세상으로 나갈래요!
궁금한 걸 모두 확인해봐야겠어요. 나는 빠르게 행동하는 후이바오니까요!

절대 미각 루이

분유보다 모유가 더 좋아요

앗! 나를 또 포육실로 데리고 온 걸 보니 엄마 품에서 먹고 자고 한 지 10일이 지났나 보네요. 벌써 엄마의 사랑과 맛있는 모유가 그리워요. 루이는 엄마한테 가고 싶단 말이에요. 보내주세요, 네? 작은할부지가 따뜻한 분유를 만들어 와서 나를 달래네요. 하지만 난 먹지 않을 거예요. 싫어요, 안 먹을 거예요……. 루이는 지금 배가 고프지 않단 말이에요. 엄마의 품에서 먹었던 맛있는 모유의 맛이 잊히질 않아요. 으악! 작은할부지가 내 입에 분유를 조금 흘려 넣어줬어요. 아니에요, 이 맛이 아니에요. 모유와 다르잖아요! 나 그렇게 쉬운 아기 판다 아니라고요! 안절부절 작은할부지 이마에 땀이 맺히는 게 보이지만, 어쩔 수 없어요. 분유도 맛있는 거라고, 먹어야 한다고 작은할부지가 자꾸 나를 어르고 달래지만 속지 않을 거예요. 나는 절대 미각 루이바오니까요! 히힛.

후이바오

엄마의 털

빨리 어른이 되고 싶어요!

엇, 바닥에 엄마의 털이

한 뭉텅이 있네요.

엄마의 털을 턱에 붙여봤어요.

어때요, 나 좀 어른 판다 같죠?

아니라고요? 그럴 리가 없어요!

나는요, 빨리 빨리 커서요.

엄마 같은 미모와

아빠 같은 용기를 가진

멋쟁이 판다가 될래요.

작은할부지! 급해요!

얼른 저기 저 털 뭉텅이 좀 주세요!

쌍둥이 아기 판다의 수다 3

루이 & 후이

우리는 이제 함께야!

오늘은 우리가 태어난 지 120일 차가 되는 날이래요. 아무튼 이제 우리는 엄마와 다 같이 지내게 될 거래요. 엄마의 품에서 사랑이 가득 담긴 모유도 함께 먹을 수 있대요. 둘이서 신나게 레슬링도 할 수 있고, 엄마의 사랑도 듬뿍 받을 수 있대요! 이거 완전 좋은데요? 그래서 그런가? 할부지들 모두 아침부터 바빠 보이네요.

후이 으악! 루이야, 근데 할부지들이 우리 몸에 뭘 바르고 있는 거야?

루이 글쎄, 나도 모르지. 나도 너랑 같이 태어났잖아. 나도 이런 건 처음인걸?

후이 아, 맞다. 근데 뭔가 익숙한 냄새가 나는데?

루이 그러게. 왠지 마음도 차분해지고, 엄마가 곁에 있는 느낌이야.

후이 맞아, 맞아. 좀 더 구석구석 발라달라고 해야겠어!

루이 그럼, 나처럼 얌전히 있어야 될 거야.

루이 드디어 우리는 한 공간에서 다 같이 만났네! 엄마도 이 상황이 조금은 당황스러운가 봐. 눈이 동그래졌어! 루히힛.

후이 거봐, 그렇게 엄마를 걱정시키면 안 된다고 했지? 그렇게 될 줄 알았어! 후헤헷.

함께여서 더 행복한 우리

2023년 11월 6일 122일 차

아이바오와 루이바오, 후이바오.
평화롭고 행복한 날을 보내고 있어요.

아이들이 세상에 온 지 어느덧 4개월이 지났네요. 그동안 한 녀석 한 녀석 소중히 돌보기 위해 고심하고 노력했는데, 이제 둘 다 멋지고 건강한 아기 판다로 잘 성장하고 있으니 얼마나 기쁜지 모르겠어요. 그리고 드디어 우리 셋이 함께하는 순간이 왔고요. 사실 전부터 걱정했답니다. 내가 쌍둥이를 잘 돌볼 수 있을지 말이에요. 쌍둥이의 엄마 판다가 된 것도 처음인데, 녀석들을 같이 돌보는 일 또한 그러했으니까요.

우리 세 모녀가 한 공간에서 처음 만나던 그 순간이 아직도 생생해요. 그때의 기분을 떠올려

레슬링 하는 세 모녀죠.
녀석들에게 몸을 부딪히며 놀고
소통하는 법을 알려줘요.

보면, 글쎄요…… 솔직히 조금 당황했어요. 어떻게 해야 할지 잘 모르기도 했고요. 하지만 녀석들의 냄새를 맡으면서 조금씩 안정을 찾을 수 있었죠. '맞아, 이 두 녀석이 모두 나의 소중한 아이들이지' 하는 생각이 들면서 침착해졌어요. 아마 녀석들도 많이 긴장했을 거예요. 그 또한 어렴풋이 느낄 수 있었답니다. 그래도 당황한 엄마를 녀석들이 이렇게 잘 따라주어서 너무나 감사할 따름이에요.

쌍둥이 아기 판다가 지금 이곳에서 일어나는 모든 기쁨과 행복,
사랑을 있는 그대로 받아들였으면 좋겠어요!

우리가 함께한 첫날에는 서로의 냄새를 맡고 얼굴을 들여다보고 만지고 셋이 바닥을 뒹굴면서 많은 시간을 보냈어요. 녀석들이 노는 것을 보기도 했어요. 작은 꼬물이로 태어났지만, 지금은 예쁜 판다의 모습으로 잘 성장했죠. 참으로 신비해요. 오늘 이 기억은 녀석들의 마음속 깊은 곳에 자리를 잡겠죠? 어쩌면 다시 떠올리기 어려울 만큼 아주 깊은 곳에 말이에요. 그리고 지금 내가 그러듯이 녀석들도 엄마가 되면서 모든 기억이 되살아날 거예요. 또 우리를 사랑하는 사람들이 이 순간을 오래오래 이야기해줄 거라 믿어요. 두 녀석이 아무 걱정 없이 그저 이 순간을 충만하게 즐기면 좋겠어요.

쌍둥이 아기 판다의 수다 4

사이좋게 지내는 게 뭐예요?

그동안 우리는 떨어져 있었는데요.

엄마와 셋이 만나 함께한 이후로 서로에 대해 알아가고 있어요.

우리는 서로가 다치지 않을 정도로 끌어안고, 밀고, 잡아당겨요.

가끔은 깨물기도 하면서 친해지는 중이죠.

그건 우리의 언어로 너를 좋아한다는 표현이에요.

후이는 루이를, 루이는 후이를 아주 많이 좋아해요.

우리가 사이좋게 지낸다는 건 그런 거예요.

러심후난

러바오

나를 쏙 빼닮은 아기 판다가 판다월드에 살고 있어요.

하하. 바로 우리의 막내 후이바오 이야기죠.

후이는 깜짝 놀랄 정도로 내 어릴 적 모습과 닮았어요.

대나무를 먹을 때 드러눕는 자세나 표정이 말이에요.

누가 봐도 나의 딸이란 걸 알겠더라고요.

러심후난,

러바오 심은 데 후이바오 난다!

어때요, 우리?

바오패밀리는 생긴 것도, 성격도 참 비슷하답니다!

가위바위보

열 번째 비겼잖아요! 우잉!

가위, 바위, 보! 비겼네…….

가위, 바위, 보! 아…….

가위, 바위, 보! 다시…….

가위, 바위, 보! 아이참…….

가위, 바위, 보! 이런…….

가위, 바위, 보! 에휴…….

가위, 바위, 보! 자꾸…….

가위, 바위, 보! 뭐야…….

가위, 바위, 보! 아이쿠…….

가위, 바위, 보! 으악…….

이런, 벌써 열 번째 비겼어요.

역시 우린 생각도 똑같은 쌍둥이가 확실해요!

참, 이길 수 있는 방법이 있다면 제게 꼭 알려주세요.

후이 말고 저에게만요!

알겠죠?

약속!

루히힛.

쌍둥이 아기 판다의 수다 5

루이 & 후이

통바오도 우리의 친구예요

송바오 안녕? 이제 작은할부지 알아보겠니? 내 이름은 송바오야.

루이 아, 작은할부지 통바오요?

송바오 아니, 아니. 잘 들어. 송바오, 송바오.

루이 후이야, 이리와봐. 작은할부지 이름이 통바오래.

후이 엥? 이름이 통바오라고?

송바오 아니~ 통바, 아니 송바오라고. 송바오!

루이 & 후이 통바오~ 우리의 영원한 친구, 통바오!

후이의 잠투정

후이바오

엄마, 나 안 졸려요

후이는 또 말똥말똥한 밤이에요. 루이는 저 멀리서 혼자 잠들었네요. 혼자가 좋은가 봐요. 이럴 땐 엄마를 깨워서 투정을 부려요. 자고 있는 엄마에게 조용히 다가가서 사랑하는 만큼 몸을 비비고 끌어안죠. 엄마를 깨물깨물 하잖아요? 그러면 엄마도 나를 안아주고 깨물어주고 핥아줘요. 그렇게 엄마의 사랑을 느끼고 나면 마음이 편안해져요. 엄마가 화날 때는 송곳니도, 발톱도 무서워 보이지만 나를 사랑으로 만져줄 때는 모두 솜사탕같이 느껴지죠. 그렇게 부드러울 수가 없어요. 우리 엄마, 참 대단하죠? 후헤헷. 그래도 엄마를 너무 귀찮게 하거나 심한 장난은 치면 안 돼요. 엄마의 무기들에 감정과 힘이 실리게 되니까요. 항상 선을 넘지 않도록 주의해야 해요. 엇, 엄마의 눈이 커지고 한숨이 많아지고 있어요! 음……. 오늘은 이쯤 하면 된 것 같아요. 곧 내 목덜미를 세게 물고 흔들 것 같은 불길한 예감이 들어요. 솔직히 아직 졸리지 않지만 스스로 최면을 걸어봐요.

'나는 졸리다, 나는 졸리다.
잠이 몰려온다, 잠이 몰려온다.'

나도 속고 엄마도 속은 것 같아요. 후헤헷.
모두 잘 자요!

엄마의 시간

2023년 12월 9일 155일 차

쌍둥이에게 밥을 먹이는
나와 작은아빠, 데칼코마니 같죠?

씨앗이 물을 먹고 새싹이 되고 햇빛을 받아 어느 순간 꽃이 되듯, 우리 쌍둥이도 참 많은 변화를 겪으며 성장했어요. 겨울의 차가움을 달래겠다는 듯 루이와 후이는 슬기롭고 빛나게 성장하며 매일매일 따뜻한 위로를 전해주고 있지요. 육아라는 것이, 게다가 쌍둥이를 돌봐야 한다는 것이 참으로 쉽지 않은 요즘이지만, 녀석들이 서로 안고 부딪혀가며 함께 자라는 것처럼 나도 이 시간을 통해 보다 더 판다답게 생활하고 있답니다. 하루에 꼭 먹어야 하는 양의 대나무와 영양식빵, 사과, 당근을 먹으면서 힘을 내고 있죠. 루이와 후이를 모두 다 잘 챙기려면 많은 에너지가 필요하거든요.

참, 그 외에도 특별히 신경 쓰는 것이 있지요. 그건 루이와 후이가 내게 주는 행복한 기운을 알아채고 받아들이는 것이에요! 녀석들과 레슬링하며 진한 스킨십을 나눌 때, 녀석들을 품에 안고 젖을 먹일 때, 하루를 너무나도 즐겁게 보낸 후에 잠든 녀석들 곁에서 나도 눈을 꼭 감고 잠을 청할 때…… 그런 순간에 집중하다 보면 나도 모르게 지나치기 쉬운 기쁨, 행복, 사랑이 온전히 느껴지거든요. 나는 이 감정과 느낌을 기억하려고 노력한답니다.

그래도 쌍둥이를 돌보는 일에는 많은 도움이 필요하죠. 우리 곁에서 최선을 다해 도와주는 분들이 있어 참 감사해요. 덕분에 쌍둥이는 모유랑 분유를 양껏 먹을 수 있죠. 식사를 마치고 배가 부른 녀석들은 만족스러운 듯 한참을 차분하게 놀아요. 그런 루이와 후이를 옆에서 바라보고 스킨십을 할 수 있다는 건, 엄마인 나에게도 참 행운인 것 같아요. 이제 둘은 어느 정도의 단거리는 달릴 수 있을 정도로 근력과 균형감각이 발달했죠. 아직은 서툴러 비틀대기도 하지만요. 그러다 꽈당! 넘어지는 녀석들이 무척 귀엽답니다. 호호.

쌍둥이 아기 판다의 수다 6

음수대 쟁탈전의 승자는 누구일까요?

우리는 이제 엄마를 따라 옆방으로 이동할 수 있어요. 그곳엔 음수대라는 게 있는데요. 우리는 거기서 물놀이를 해요. 몸을 담그기도 하고 물을 맛보기도 하죠. 특히 음수대에 발과 엉덩이를 담그면 시원한 촉감에 온몸이 짜릿해지거든요. 우리는 하나뿐인 음수대를 서로 차지하겠다고 다투다가 결국 둘 다 온몸이 흠뻑 젖는답니다.

루이 후이야, 이번에는 내 차례라고!

후이 그런 게 어딨어!

루이 앙, 물어버리기 전에 저리로 가!

후이 물기만 해! 엄마한테 다 이를 거야!

그런 우리들의 모습이 마냥 귀여운지

작은할부지는 키득키득 웃으며 사진을 찍기 바빠요.

엄마는 그런 우리들 옆을 지나면서

크게 한숨을 내쉬죠.

물놀이 할 때는 방이 온통 물바다가 되지 않게 조심해야 한답니다.

안 그러면 엄마에게 혼나거든요!

루히힛.

후헤헷.

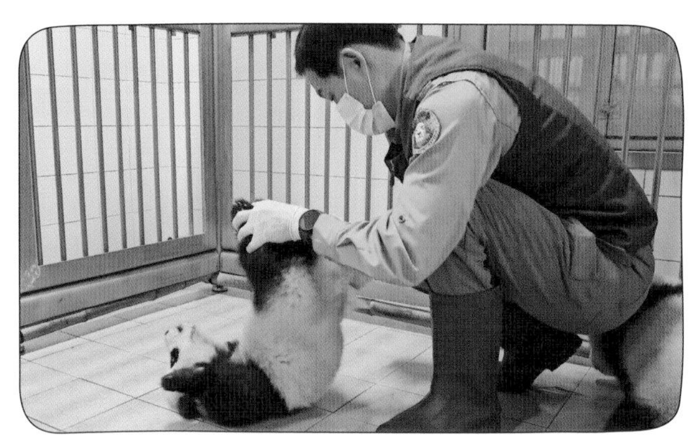

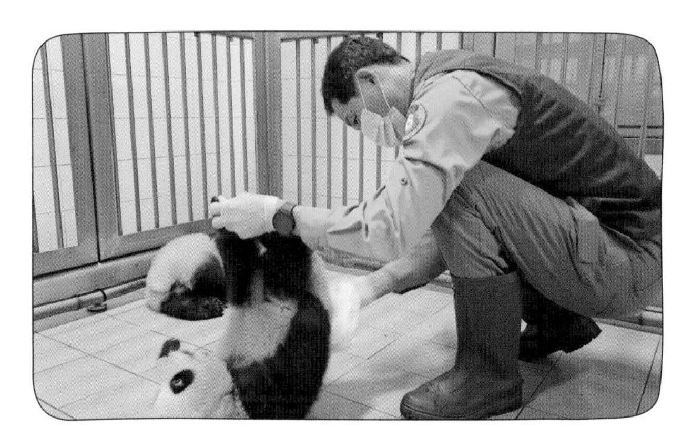

휴지 공격 대작전

우리는 이제 젖병을 끊었어요! 그릇에 담긴 분유를 스스로 핥거나 빨아서 먹을 거랍니다. 젖병에 익숙한 우리를 위해 오늘은 작은할부지가 도움을 주기로 했죠! 우리는 둘 다 엄마의 젖을 잘 먹고 있지만, 올바르게 성장해나가려면 한 살이 넘을 때까지는 분유도 함께 먹어야 한대요. 사실 갑자기 그릇에 담긴 분유를 먹는 건 쉽지 않아요. 하지만 이렇게 먹어야 엄마가 힘들지 않고 우리가 뚠빵하게 자라는 데도 도움이 된대요. 그러니까 노력할 거예요. 가끔 너무 힘들 때는 그냥 뒤로 발라당 누워버릴 거예요! 작은할부지가 환하게 웃으면서 나에게 충분한 시간을 주거든요. 먹는 일에 누구보다 앞서는 후이가 분유 먹기에 좀 더 빠르게 적응하고 있는데요. 나도 더 씩씩하게 노력할 거예요. 작은할부지는 내게 조금씩 나아지고 있다고 칭찬을 많이 해주고 있죠.

분유를 다 먹고 나면 작은할부지는 입 주변에 묻은 분유를 깨끗하게 닦아줘요. 맛있는 분유를 정신없이 먹다 보면 턱뿐만 아니라 온몸에 분유가 묻기도 하는데요. 이런 걸 깨끗이 닦지 않으면 시간이 지나면서 썩는대요. 혹시 내가 핥아 먹기라도 하면 크게 아프게 될 거래요.

난 그것도 모르고 매번 나의 맛있는 식사를 방해하는 두루마리 휴지를 하얀 악당이라고 생각했지 뭐예요. 그래서 아직 이빨도 나지 않았지만 깨물면서 혼쭐을 내주곤 했죠. 이런, 조금 미안한 마음이 드네요. 빨리 가서 미안하다고, 나를 위해줘서 고맙다고, 사랑한다고, 꽉 깨물어줘야겠어요. 루히힛.

후이바오

대나무 먹기 연습

이제 나도 준비가 되었다고요!

우리 입안에는 보물 같은 유치들이 잘 자라나고 있대요. 그래서 그런지 대나무에 관심이 많이 생겨요! 자꾸 입안으로 집어 넣고 씹고 싶어지죠. 판다의 본능을 참을 수가 없달까요? 후힛. 대나무 씹는 게 잘 되지 않을 땐 대나무 먹는 엄마 옆에 앉아 힐끔힐끔 쳐다봐요. 그게 도움이 많이 되거든요.

작은할부지는 그렇게 열심히 대나무를 씹고 뜯고 맛보려는 후이를 보면 정말 좋아하죠. 마치 보물을 발견한 기분이래요. 귀여움이 터진다나 뭐라나. 귀여우면 귀여운 거지 귀여움이 터진다는 건 뭔지 잘 모르겠어요. 좋은 거겠죠? 작은할부지는 내가 무언가를 열심히 깨물고 씹는 걸 좋아하는 것 같으니 당장 달려가서 작은할부지의 장화를 깨물어줘야겠어요! 후헤헷!

쌍둥이는 빠르게 성장 중!

아이바오

2023년 12월 19일 165일 차

서로가 서로에게 가장 친한 친구가 되어주는 루이바오와 후이바오죠!

루이와 후이는 서로를 안고 의지하며 하루가 다르게 성장하고 있어요. 가끔 엄마 옆이 아닌 서로의 곁에서 자는 녀석들을 보고 있으면 참 여러 감정이 들어요. 우스운 말이지만 섭섭하기도 하죠. 그래도 서로가 가장 친한 친구가 된 것 같아 뿌듯한 마음이 커요. 이 시간이, 그리고 서로가 서로에게 얼마나 큰 행복인지 루이와 후이가 마음 깊이 느끼고 그 감정을 간직할 수 있으면 좋겠어요.

엄마가 작은아빠와 함께 채혈대 앞에서 건강검진을 하고 있으면, 루이와 후이는 자기 차례로 돌아올 것처럼 '나요! 나요!' 하고 손을 내밀어요!

아직 어린 루이와 후이지만, 나중에 녀석들에게 아주 중요한 존재가 될 '채혈대'와 만났어요. 작은아빠가 특별한 만남을 주선해주었어요. 지금 쌍둥이는 신체와 감각들이 발달하는 중이고, 호기심도 왕성하거든요. 이럴 때 엄마와 함께 '채혈대'를 만나면 나중에 건강검진에 많은 도움이 될 거라는 생각이 들었대요! 저도 같은 생각이에요. 작은아빠와 함께 발맞추기로 했죠. 녀석들 앞이니 오늘은 특히나 더 멋지게 채혈대 시범을 보여줘야겠어요. 호호.

쌍둥이는 건강검진 연습 중!

한 판다, 한 판다씩!

팔을 넣어봐!

얼굴이 아니라 팔을!

이렇게, 이렇게!

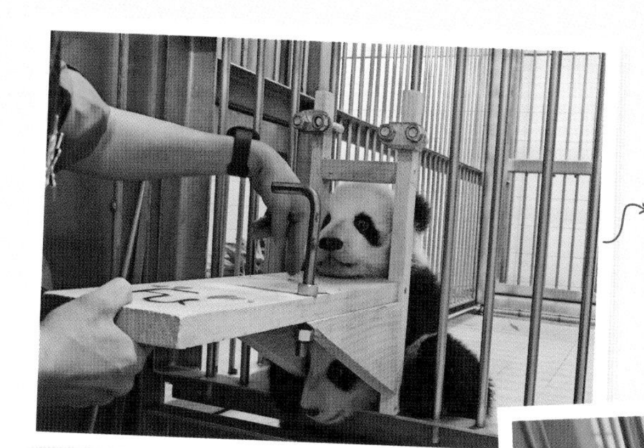

자, 이제 어떻게 하는지 알겠지?

옳지, 바로 그거야! 어른 판다 다 됐네!

그런데 아직 아무것도 모르고 마냥 신기해하는 녀석들의 반응이 아주 귀엽네요. 건강검진에 집중하고 있는 나의 품을 무조건 비집고 들어오는 행동이 방해가 되기는 하지만, 루이와 후이는 즐거운 시간이라고 느끼나 봐요! 깜찍한 루이, 후이와 채혈대의 첫 만남은 성공적이네요. 호호.

아, 참! 그리고 나중에 꼭 알려줘야겠어요. 나무로 만들어진 이 채혈대는 푸바오 언니가 쓰던 거라는 걸요. 푸바오와 즐거운 시간을 함께했던 거라는 걸요. 이 채혈대에 행복의 흔적이 가득한 이유라고요.

슬기롭고 빛나는 쌍둥이 천사

보살핌을 통해 한 걸음 성장합니다

쌍둥이는 매일 엄마의 사랑과
주키퍼들의 애정으로 건강하게 자라요.

루이는 빛나는 후이를 보면서 슬기롭게,
후이는 슬기로운 루이를 보면서 빛나게 성장하지요.

그런 쌍둥이를 따뜻한 시선으로 바라보는 우리도
슬기롭고 빛나게 성장할 거예요!

Notes

쌍둥이 아기 판다의 엄마 쟁탈전

두 개의 숫자가 겹치는 7월 7일, 아이바오의 진통이 최고조에 달하는 바로 그 순간에 분홍색 꼬물이가 우렁찬 울음소리와 함께 세상 밖으로 뛰쳐나왔습니다. 새끼 판다는 마치 물 밖으로 뛰쳐나온 물고기처럼 세차게 움직였죠. 당황했을 텐데도 본능적으로 아이바오는 새끼를 챙겨 자신의 품으로 끌어안았습니다. 1시간 반 후, 뒤이어 태어난 또 다른 새끼 판다도 품에 안았지요. 아이바오의 곁에 있던 주키퍼와 수의사도 그제야 가슴을 쓸어내리며 판다월드에 보물들이 찾아왔음을 실감했습니다. 그렇게 쌍둥이 아기 판다는 엄마와 주키퍼의 돌봄을 받으며 슬기롭고 빛나는 '판생(판다+인생)'을 시작했습니다.

판다가 쌍둥이를 낳을 확률은 약 50퍼센트 정도라고 해요. 이들은 태어난 순간부터 엄마 품에서 젖을 먹기 위해 경쟁을 시작합니다. 눈도 뜨지 않고 털도 나지 않은 분홍색 '꼬물이'지만 이들도 야생동물로서 살아남아야 하기 때문입니다. 엄마 판다는 쌍둥이 중 좀 더 적극적인 아기에게 정성을 쏟는 듯해요. 그래서 야생에서 쌍둥이는 둘 다 생존할 확률이 그리 높지 않죠. 주키퍼들은 이런 쌍둥이의 고른 성장을 위해 120일 동안 쌍둥이를 번갈아가며 돌보게 됩니다.

생후 120일 정도가 되면 아기 판다는 걸음마를 뗍니다. 아장아장. 뒤뚱뒤뚱. 걷다 쓰러지길 반복하는 아기 판다는 세상에서 가장 무해한 생명체라고 해도 과언이 아닐 겁니다. 이 시기부터 쌍둥이는 엄마와 함께 생활하게 되죠. 그렇다고 긴장을 놓을 수는 없어요. 경쟁은 계속됩니다. 아니, 성장한 만큼 더 치열해집니다. 더 많이 먹어야 하니까요. 강한 의지로 소통하는 적극적인 개체가 엄마의 진한 스킨십과 함께 젖을 먹을 기회도 많아집니다. 주키퍼들의 보살핌도 계속되죠. 매일 체중을 재고 분유를 보충해주며 균형 잡힌 성장을 돕습니다. 대나무를 제대로 먹을 수 있을 때까지 쌍둥이는 엄마 품에서 사랑 넘치는 '모유 경쟁'을 계속하게 될 거예요.

요즘 쌍둥이는 주키퍼들에게 달려와 매달리고, 자그마한 유치로 대나무를 잘근잘근 씹어볼 정도로 건강하게 자랐죠. 서로에게 의지하기도, 앞서 나가기도 하면서 빠르게 성장하고 있습니다. 여전히 엄마와 레슬링하며 사랑받기 위해 애를 쓰기도 합니다. 혼자가 아니라 함께이기에 사리를 분별하며 슬기롭게 경쟁한답니다.

그래서일까요. 루이바오와 후이바오는 표정이나 눈동자, 움직임이 밝은 빛을 발하는 보물 같아요. 사랑받기 위해 경쟁하는 것은 비단 쌍둥이 아기 판다만의 이야기는 아닐 것입니다. 우리 삶에서도 사랑받는 건 중요한 일이잖아요? 야생동물과 마찬가지로 인간에게도, 누군가에게 사랑받는 경험은 계속 살아가기 위한 힘이 되니까요. 푸바오에 이어 쌍둥이의 보물 같은 이야기와 함께하는 건 그래서 우리에게 또 다른 축복임이 분명합니다.

슬기로운 도전, 빛나는 시작! 우리의 세상은 넓어질 거예요

쌍둥이 아기 판다의 수다 7

루이 & 후이

흙과 풀, 나무와 바위 그리고 새

후이 우와~ 신기하다! 엄마, 이게 뭐예요?

아이바오 응, 그건 흙이라고 하는 거야.

루이 그럼, 이거는요?

아이바오 으응~ 그거는 풀이라고 하는 거란다.

후이 그렇구나, 이건요?

아이바오 그건 나무!

루이 역시, 엄마는 모르는 게 없구나. 이건 뭐예요?

아이바오 그건 바위라고 해. 단단하니까 세게 부딪히지 않게 조심하렴.

후이 앗, 깜짝이야! 저기 소리를 내면서 날아다니는 건 뭐예요, 엄마?

아이바오 호호호. 놀라지 않아도 돼. 그건 새라고 하는 우리의 친구들이지.

루이 & 후이 그럼, 여긴 어디예요?

아이바오 여기는 우리가 함께할 더 넓은 세상이지! 호호호호.

실내 방사장에 나와 자연을 만끽하는 루이바오(왼쪽)와 후이바오(오른쪽)

실내 방사장의 나무를 타는 루이바오(왼쪽)와 후이바오(오른쪽)

쌍둥이의 판생도 한 걸음씩

아이바오

2024년 1월 11일 188일 차

얼마 전, 우리 꼬맹이들이 어느새 자라 더 넓은 세상을 향해 발을 내디뎠어요. 발바닥의 흙도, 처음 듣는 소리도, 새로운 촉감의 나무와 풀도 모든 것이 낯설었을 텐데 루이와 후이는 용감하게 엄마의 뒤를 따라 방사장을 나섰지요. 예상했던 것처럼 처음에 루이는 더 조심스러워했고, 후이는 많이 당황해했어요. 지금까지 내실에서 생활하던 녀석들에게 이 방사장은 너무도 넓고, 모르는 것들로 가득 찬 미지의 공간일 테니까요. 당연할 거예요. 하지만 내가

있었고, 또 큰아빠, 작은아빠가 지켜보고 있다는 걸 인지하게 되자 천천히 안정을 되찾았죠. 언니 푸바오도 함께 생활하던 곳이었기에 그 냄새 또한 맡았을 거예요. 그렇게 자연스럽게 적응했던 거죠. 짧은 순간이었지만, 녀석들은 각자의 방식으로 세상과 소통했답니다.

이후 며칠 동안 방사장에 머무는 시간을 조금씩 늘려갔어요. 세상을 향해 차근차근 발을 내딛을 수 있도록 말이에요. 다행히 이 시간이 꼬맹이들에게는 작고 즐거운 여행인 듯해요. 땡그란 눈으로 보고, 호기심 가득한 코로 킁킁 냄새를 맡고, 멀리서 들리는 새소리에 귀를 기울이고, 신기한 물건들을 온몸으로 만지고 부딪혔거든요. 짧은 여행을 마친 녀석들은 흙에서 신나게 뒹굴어 까맣게 된 몸으로 분유를 한 그릇씩 뚝딱 해치우고 꿈나라 여행을 떠나요. 잠든 녀석들을 보고 있으면 모든 것을 처음 마주하니 얼마나 피곤할까 싶어요. 그럼에도 다음날이면 쌍둥이는 방사장으로 이어지는 통로를 힘차게 뛰어 밖으로 나가지요. 그럴 때면 모험을 위한 열정도 중요하지만, 엄마를 뒤따라야 안전하다는 것 또한 알려주려 해요. 하지만 엄마를 앞서 나가는 녀석들의 뚱땅대는 뒷모습을 보며 웃음이 나는 건 어쩔 수 없답니다. 호호.

사다리 오르기

체력왕이 될 거예요

나는 실내 방사장에 나오면 바빠요. 알아야 하는 것도 친해져야 하는 것도 많은데요. 아직 실내 방사장에 나오는 시간은 부족하거든요. 그래서 실내 방사장에 나오면 제일 먼저 어제 미처 다하지 못한 시설물 탐색 작업을 이어서 해요. 다하지 못한 숙제를 이어서 하는 것처럼 말예요. 나는 요즘 나오자마자 제일 큰 평상의 사다리를 오르는 도전을 계속하고 있어요. 아직 혼자서 완벽하게 사다리를 오르지 못했거든요. 오르다 떨어지고, 오르다 떨어지고……. 실패를 반복하니 힘도 들지만, 성공할 때까지 난 포기하지 않을 거예요. 아직 힘이 많이 남아 있는걸요! 푸바오 언니가 그랬단 말이에요. 중요한 건 꺾이지 않는 마음이라고요! 또 어디에 무엇이 있는지도 벌써 파악했어요. 이 침상을 올라가면 더 높이 올라가야 하는 큰 나무가 있고요. 이 침상과 저 멀리 침상은 굵은 나무로 이어져 있어요. 그리고 실내 방사장 뒤편에는 대나무밭이 있어요. 가는 길에 우리가 먹을 수 있는 물도 있지요. 이걸 며칠 만에 알아냈다고요. 어때요, 대단하지 않나요? 아직 어린데도 기억력은 남다르죠? 루히힛. 어? 후이는 아직도 큰 평상의 기둥이 미덥지 않은지 며칠째 점검 중이네요. 그 기둥 튼튼하다고 얼른 가서 말해줘야겠어요.

기둥 점검

후이바오

이거 안전한 거 맞아요?

내실에서 실내 방사장으로 이어지는 통로에 도착할 때부터 마음이 급해져요. 엄마보다 먼저 오르막길을 뛰어올라가요. 문이 열리길 기다리는 그 짧은 시간 동안 모험 가득할 하루가 기대되죠. 있잖아요, 심장이 막 쿵쾅쿵쾅 뛰어요. 드디어 문이 열렸네요. 나는 엄마를 앞질러 달려요! 뚱땅뚱땅! 그리고 내가 제일 먼저 간 곳은 제일 큰 평상의 기둥이에요. 요즘 나에게 도전장을 내민 녀석이죠. 이 후이가 얼마나 용맹한 판다인지 소문을 못 들었나 봐요. 어제는 승부를 가리지 못했지만 오늘은 녀석을 꼭 쓰러뜨릴 거예요. 조금 전에 안 사실인데요. 이런 기둥이 세 개가 더 있다는 거예요. 음……. 이길 때까지 난 포기하지 않을 거예요. 아직 힘이 많이 남아 있는 걸요! 푸바오 언니가 그랬단 말이에요. 중요한 건 꺾이지 않는 마음이라고요! 하나씩 하나씩 쓰러뜨릴 거예요! 후헤헷.

하루 세 번 뚠칫솔

아침, 점심, 저녁 잊지 말아요!

어? 나한테 할 말이 있다고요? 그런데요, 나랑 후이는 요새 진짜 바쁘거든요. 왜냐면 엄마랑 모험이 가득한 더 넓은 세상으로 나가야 하거든요. 엄마가 대나무를 먹는 동안 우리들은 흙에서도 뒹굴고 남천이랑 레슬링도 하고 나무도 타다가요. 낮잠도 푹 자야 하거든요. 작은할부지 툥바오는 그런 우리가 기특하대요. 그러더니 대나무로 뚠칫솔이라는 선물을 만들어줬어요! 툥바오가 뚠칫솔은 세상에서 우리 바오패밀리만 가지고 있대요. 푸바오 언니도 하루에 세 번은 치카치카 한대요. 우리 입에서 쌀이 나고 있으니까요. 그런데 쌀이 뭐예요? 입안에서 자라며 나를 간질이고 있는 작은 하양이들인가요? 아무튼 밖에서도 이것저것 물고 뜯고 하려면 치카치카를 해야 한대요. 하루에 세 번은 꼭 하래요. 앙앙, 이렇게 입에 넣고 물면 되는 건가요? 뭔지 모르겠는데요. 아무튼 나, 모험도 해야 하고 아침 점심 저녁으로 치카치카도 해야 해서 바쁘거든요. 그러니까 할 말 있으면 지금 해요. 네? 아, 우리 너무 귀엽다고요? 얼른 뚠뚠하게 자라라고요? 그런 말이라면 언제든지 해도 좋아요! 잊지 말아요!

분유왕 후이

잘 놀려면 많이 먹어야 해요

난 엄마의 모유도, 할부지들이 주는 분유도 모두 잘 먹어요. 모유는 모유대로, 분유는 분유대로 그 맛이 있어요. 모유는 사랑 가득 고소하고, 분유는 정성 가득 고소해요. 헤헷. 그래서인지 난 분유를 먹을 때도 마음이 급해요. 빨리 먹고 놀아야 하거든요. 잘 놀려면 잘 먹어야 하죠.

그런데 있잖아요. 참 이상해요. 먹어도 먹어도 자꾸 배가 고프거든요. 내 걸 다 먹고도 루이의 분유까지 넘보는 건 바로 그 때문이에요. 하지만 루이 거까지 먹으려면 쉽지 않아요. 작은할부지한테 혼나거든요. 그래도 괜찮아요. 애교를 부리면 되니까요. 어떻게 해야 하냐고요? 혀를 내민 표정이나 우유 수염이 된 귀여운 얼굴을 보여주면 돼요. 후헤헷.

이상한 게 또 있어요! 분유를 먹다 보면 자꾸 엉덩이가 내려가요. 작은할부지는 자꾸 똑바로 일어서서 먹어야 한대요. 그게 바른 자세래요. 계속 앉아서 먹다 보면 자세가 비뚤어지고요. 처음엔 턱에, 시간이 지나면 온몸에 분유가 묻게 될 거래요. 그래서 분유를 다 먹을 동안에는 바른 자세를 유지하는 게 아주 중요하대요. 그래도 나도 모르게 엉덩이가 내려가는 건 어쩔 수가 없어요. 작은할부지가 알아서 들어주겠죠? 아! 이제 루이도 다 먹었나 봐요. 그럼, 밖에 나가서 신나게 놀아볼까요? 후헤헷.

쌍둥이 아기 판다의 수다 8

우리의 하루는 모험으로 가득해요!

우와! 오늘은 실내 방사장에 신기한 물건이 나타났어요! 공중에 매달려 있네요. 조용히 다가가봤어요. 앞발로 툭툭 쳐봤는데 눈앞에서 흔들려요!

루이 아잇! 후이야, 조심해. 뭔가 함정이 있는 거 같아. 난 조금 멀리 떨어져서 보고 있을게.

후이 그래? 그렇다면 내가 먼저 안전한지 확인해주지! 저만치 떨어져 있어, 루이야.

그때 작은할부지가 말했어요. 이것은 옛날 옛적에 푸바오 언니가 하늘을 날고 싶을 때마다 타고 놀던 바구니 그네라는 것을요. 올라타서 힘차게 반동을 주면 신나게 하늘을 나는 것 같은 기분을 느낄 수 있다고요. 우리는 그 말을 듣고 바구니에 올라탄 채로 열심히 발을 굴렀어요. 바구니 그네가 씽씽 움직였죠. 스릴이 넘쳤어요! 작은할부지는 대체 어디서 이런 요상한 물건들을 가지고 오는 걸까요? 참 신기해요! 덕분에 우리의 하루는 모험으로 가득하답니다!

죽순 먹방 고수

러바오

러바오가 자신 있게 추천해요!

판다월드에서 내가 죽순을 먹는 모습을 보고 싶다면 봄의 끝 무렵에서 초여름 사이에 와야 해요. 한국에서는 4월 중순부터 7월 초까지만 죽순이 나오기 때문이죠. 해마다 처음 만나는 죽순은 맹종죽 죽순이에요. 4월 중순부터 5월 중순까지 만날 수가 있지요. 알싸한 맛이 강하고요. 크고 묵직하면서 단단한 식감이 예술이죠. 그래서 초보자에게는 추천하지 않아요. 나처럼 죽순 먹방 고수들만 맹종죽 죽순의 매력을 느낄 수 있답니다. 후훗. 그다음은 솜죽 죽순인데요. 5월 중순부터 6월 중순까지 자라요. 크고 단단한 맹종죽 죽순과는 다르게 부드럽고 순한 맛이죠. 초보자에게도 추천할 수 있을 정도로 자신 있죠. 마지막으로 왕죽 죽순을 7월 초까지 만나볼 수 있는데요. 죽순 중에 가장 맛이 좋답니다. 부드럽고 단맛도 강하게 느껴지죠. 초보자부터 고수까지 모두가 좋아하니, 러바오가 강추합니다! 참, 우리는 생으로 먹어도 문제가 없지만 여러분은 안전하게 꼭 데쳐서 드셔야 한다는 거 잊지 마세요! 엇, 맛이 좀 별로면 어떡하냐고요? 죽순의 맛은 매년 날씨와 대나무의 영양 상태에 따라 달라지니까 혹시나 맛 없더라도 제게 따지지 마십쇼. 어떻게 그리 잘 아냐고요? 후훗. 이봐요, 이래 봬도 올해로 한국 생활 9년 차 국내 유일 수컷 판다라고요! 그 정도는 벌써 다 파악했답니다. 멋지죠? 후훗.

눈은 번쩍 귀는 쫑긋

2024년 2월 1일 209일 차

쌍둥이들은 실내 방사장을 탐험하는 모험가죠!

루이와 후이는 요즘 가장 바쁜 나날을 보내고 있어요. 실내에서 맛난 분유를 한껏 먹고는 방사장에 나와서 분주히 돌아다니기 바쁘죠. 호기심이 왕성한 만큼 활동량도 늘어났고요. 하루라는 시간이 부족할 정도로 이리저리 돌아다니며 세상을 탐색하곤 해요. 루이는 제일 큰 평상의 사다리를 오르거나 돌계단을 구르는 도전을 계속하고, 후이는 이유는 모르겠지만 그 평상의 기둥에 딱 붙어서 며칠째 점검 중이에요. 전날에 이어 다음 날 똑같은 자리에서 하던 일을 계속하며 자기만의 세계에 빠지는 녀석들을 보면 무척 기특해요.

이리저리 바삐 움직이는 쌍둥이
아기 판다의 뒷모습!

이제 방사장에도 잘 적응했는지 방사장으로 이어지는 통로에 도착하면 나보다 먼저 그 오르막길을 뛰어 올라간답니다. 뚱땅뚱땅 달리는 작고 귀여운 엉덩이들을 보면 녀석들이 이 시간을 얼마나 기다리고 있었는지 느낄 수가 있지요.

이제 제법 판다다운
루이와 후이를 보면
가슴 깊은 곳에서부터
벅차오름을 느껴요

루이와 후이가 어느새 이렇게 커서 녀석들을 사랑해주는 사람들을 만나고, 이제는 제법 판다처럼 대나무도 입에 물고 먹어보려는 모습을 볼 때면 자랑스러워요. 이제는 내가 식사할 때 방해도 덜하고, 각자 자신감 넘치게 활동하는 게 얼마나 좋은지 알면서도 괜스레 서운한 마음이 드는 거 있죠?

요즘 나는 루이와 후이가 둘이서 세상을 자유롭게 탐구할 수 있도록 한 발짝 떨어져 있어요. 자기만의 방식으로 세상과 마주할 수 있도록 거리를 두고 지켜보는 거죠. 때론 자신감 넘치기도 하고 때론 두려워하기도 하지만 무엇이든 스스로 하는 것이 중요한 시기이니까. 그래도 걱정 마세요. 위험한 순간이 오면 언제든 다가가 알려줄 수 있도록 녀석들을 향해 시선을 두고 귀를 열고 있거든요.

예기치 못한 삶의 파도 앞에서 당황해도 잘 헤쳐나갈 수 있도록 긴 시간을 통해 얻은 판다의 지혜로운 습성을 알려주기도 해요. 놀이를 통해 몸의 어떤 부분을 사용해 나를 지킬 수 있는지를 가르쳐주는 거죠. 푸바오에게도 그랬던 것처럼요. 언니가 멋진 판다로 성장한 것처럼, 녀석들도 그럴 거예요. 조급해하지 말고 하루하루 차근차근 지금처럼만 해나가면 된다고 말해줄래요.

엄마만의 시간을 즐기라면서 세상 잘 자는 쌍둥이

그렇게 한바탕 신나게 몸을 부딪히며 판다의 습성을 놀이로 알려주면 루이와 후이는 지쳐서 잠들어요. 그럴 때면 마치 '엄마, 우리랑 놀아주느라 고생했어요. 이제 엄마만의 시간을 즐기세요'라고 말해주는 것 같아요. 녀석들이 잘 잠들었는지 조용히 다가가 코로 확인하고 나면 그제서야 안심하고 나만의 시간을 가질 수 있답니다. 그런데 어쩌죠? 나도 지쳤는지 피곤해서 졸음이 쏟아지네요. 호호.

쌍둥이는 서로 다른 성격을 갖고 있으니, 나도 조금은 다른 태도로 녀석들을 마주하려고 해요. 행동하기 전에 생각이 많은 루이는 내가 먼저 이끌어주면서 안심할 수 있게 해주죠. 그러면 루이는 나의 뒤를 쫓으면서 침착하게 이것저것 배워요. 조금 늦어도 천천히 그리고 편안하게 성장할 수 있게 발을 맞춰줄 예정이에요.

자신감 넘치는 행동 대장 후이는 얼마나 재빠른지요! 항상 녀석의 뒤를 따라다니기 바빠요. 먼저 몸으로 부딪히고 느끼면서 깨닫는 것도 많은 아이지만, 그만큼 실수도 많기에 조금만 더 침착할 수 있도록 가르치고 있어요. 나는 가끔 후이의 목덜미를 물고 속도 조절을 하라고 알려주기도 하지요. 이런 엄마의 노력을 녀석들이 알까요? 호호!

외나무다리

후이를 이기는 방법이죠

쌍둥이는 외나무다리에서 만난다더니! 오늘도 후이를 만났어요. 어제는 내가 힘에 밀려서 자리를 비켜줘야 했지만, 오늘은 지지 않을 거예요. 어제 후이에게 지고서 생각을 많이 했거든요. 나는 생각하는 루이잖아요. 히힛. 처음에는 뒤에서 끌어안고 굴리기 기술을 시도해봤는데 생각보다 후이가 많이 무거웠어요. 안 되겠다 싶어서 때리고 도망치기를 시도했는데 생각보다 빠르더라고요. 금방 잡혔답니다. 힘으로는 후이를 이길 수 없을 것 같아요. 그럼 가위바위보로 결정할까도 생각해봤지만, 그건 결국 또 끝이 없는 대결이라는 걸 깨달았어요.

아무래도 안 되겠어요. 후이의 강력한 무기인 엉덩이 공격을 차단해야겠어요!

오늘은 후이가 무거운 엉덩이로 밀어버리려고 할 때 뒷다리를 꽉 물어버릴래요!

앙! 봤죠? 내가 이겼어요! 내가 후이를 드디어 이겼다고요!

후이도 내일 다시 도전할 테니까 대비해야겠어요.

나는 생각하는 루이니까요!

쌍둥이 아기 판다의 수다 9

후이가 목마를 혼내줄게요!

오늘도 처음 보는 신기한 물건이 있네요! 우리는 루희번득 후이둥그래진 눈으로 탐색을 시작했어요. 하지만 아무리 봐도 어떻게 이용하는 건지 도무지 알 수가 없었어요. 그러자 작은할부지 퉁바오가 우리를 하나씩 안더니 그 이상하게 생긴 물건에 탁! 하고 앉혀주는 거 아니겠어요? 이것도 푸바오 언니가 우리들만 했을 때 타던 목마라고 하는 장난감이래요.

루이 큥큥! 후이야, 이거 뭔지 알겠어?

후이 큥큥큥! 먹는 게 아닌 건 확실해.

루이 우와! 퉁바오가 나 이렇게 앉혀줬어. 이렇게 앉는 건가 봐!

후이 오~ 멋진데? 나도, 나도! 나도 앉혀줘요, 퉁바오!

루이 어? 이것도 그네처럼 흔들리는데? 나는 조금 무서우니까 내려갈래!

후이 그래? 이 녀석이 루이를 무섭게 한 거야? 내가 혼내줄게. 앙!

우리가 만나는 자리

모두 이곳에서 만나요!

아무 생각 없이 미끄럼틀 나무에 한참 앉아 있었는데요.

작은할부지 툥바오가 지나가다 멈추는 거예요.

그렇게 저를 한참 동안 바라보더니 말했어요.

"여기는 푸바오가 푸바오를 만나던 곳이었는데, 이제는 루이가 있네?"

푸바오 언니 이야기가 나오자 내 귀가 쫑긋했어요!

언니 이야기는 들어도 들어도 재밌거든요.

내가 그게 무슨 말이냐고 물었죠.

툥바오는 말했어요.

"응, 푸바오 언니가 어렸을 때 좋아하던 자리였거든. 여기에 너처럼 자리를 잡고 있는 푸바오를 볼 때면 더 어렸을 때 모습도 보이고, 더 크면 또 어떤 모습일까 하고 기대가 됐어. 그래서 내가 이 자리를 '푸바오가 푸바오를 만나는 곳'이라고 이름 지어주었단다."

툥바오는 푸바오 생각이 많이 나나 봐요.

나는 툥바오를 달래주기 위해 이렇게 말했어요.

"그럼 이제 여기는요.

루이가 후이를 만나고, 우리가 푸바오 언니를 만나는 곳이 될 거예요!"

숨바꼭질

후이바오

나 여기 숨은 거 비밀이에요

꼭꼭 숨었어요, 머리카락 보일까봐. 꼭꼭 숨었어요, 송바오가 찾을까봐. 잘못한 게 있거나 혼자만의 시간이 필요할 땐 요렇게 숨으면 돼요. 내가 여기 있다는 건 아무도 모를 거예요. 오늘은 엄마의 심기를 건드렸어요. 기분이 너무 좋은 나머지 나도 모르게 선을 넘었죠. 한동안 여기에 이렇게 숨어 있어야 해요. 엄마의 화가 가라앉을 때까지 기다려야 해요. 앗! 루이가 지나가고 있어요. 숨소리만 내지 않으면 내가 여기 숨어 있다는 걸 절대 모를 거예요. 가만히 숨어 있다가 루이가 지나가면 뒤에서 깜짝 놀래줄래요. 후헤헷!

루이바오

스타 기질

나 잘하고 있어요?

툥바오는 자라나는 루이와 후이를 기록하고 싶대요. 우리 입안에 유치가 잘 자라고 있는 것도, 음식을 입에 넣고 씹는 힘이 좋아지는 것도 다 보여주고 싶다는 거예요! 누가 우리를 궁금해하는지 물어봤는데요. 우리를 좋아하는 사람들이 이만큼, 이만큼 많다는 거예요! 툥바오가 사진 찍어주겠대요! 포즈를 취해보라는데요. 음…… 조금 부끄럽잖아요! 안 되겠어요. 강인함과 따뜻함으로 우리를 지켜주는 엄마가 어떤 모습으로 있곤 했는지 기억을 떠올려봐야겠어요. 그리고 엄마랑 최대한 비슷하게 포즈를 취해보는 거죠. 어때요? 엄마가 나를 자랑스럽고 든든해할 것 같지 않나요?

물놀이

물을 채워줘요, 툥바오!

나는 물이 좋아요. 그래서 음수대에서 노는 걸 좋아하죠. 오늘도 루이와 함께 음수대에서 한참을 물장난하며 놀았는데요. 얼마나 재밌었는지 정신이 하나도 없었답니다. 물은 언제나 나를 참 즐겁게 해주는 것 같아요. 헤헷. 앗! 그런데 음수대 옆 작은 웅덩이에 물이 고였네요. 루이와 내가 온몸에 물을 흠뻑 적시고 왔다 갔다 했더니 이렇게 됐나 봐요.

음수대보다 더 큰 웅덩이에 물이 고이니까 훨씬 재밌는 거 같아요. 물의 촉감을 더 느낄 수 있으니까요. 그런데요. 사실 예전부터 궁금했던 건데요. 혹시 이곳은 우리를 위한 수영장이 아닐까요? 생각만 해도 기분이 좋네요. 툥바오에게 빨리 이곳에 물을 가득 채워달라고 부탁해야겠어요! 이봐요, 툥바오!

개성 넘치는 쌍둥이 판다!

2024년 3월 11일 248일 차

태어난 지 240일이 넘은 루이와 후이는 벌써 19킬로그램을 돌파했어요. 같은 시기의 푸바오와 비교해봤는데, 동생들이 언니를 따라가려면 더 잘 먹어야겠다는 생각이 들었답니다. 서로의 모습뿐만 아니라 행동까지도 닮아가는 루이와 후이는 요즘 저에게 큰 기쁨과 사랑과 행복을 안겨주고 있어요.

나무 씹기 달인이 된 후이

당근을 참 좋아하는 루이

루이바오는 행동하기 전에 생각을 많이 하는 신중한 성격이에요. 때때로 후이에게 전염된 듯 활발함을 보여주기도 하지만, 매사에 조심성이 많고 차분해 할부지들과 이모에게 곁을 내어주는 순간도 많지요. '슬기로운 보물'이라는 이름처럼 조금은 늦어도 차분하게 나무에 오르며 목표점인 꼭대기에 천천히, 그러나 반드시 도달하는 아이랍니다.

반면에 후이바오는 생각하기 전에 행동이 앞서는 성격이에요. 뭐든지 몸으로 먼저 부딪치고, 강한 승부욕을 보이죠. '빛나는 보물'이라는 이름처럼 섬광같이 재빠르게 다양한 경험을 선점해요. 몸이 먼저 움직이기 때문에 실수가 많지만, 두려워하며 뒤에 있기보다, 용기 내 앞장서는 멋진 판다예요. 대신 주변에서 엄마나 작은아빠가 노련하게 도움을 줘야 하지요. 작은아빠가 청결 관리를 위해 실내 방사장에 입장했을 때 우다다다! 달려오는 친구가 있다면, 열에 아홉은 후이바오라고 생각하셔도 과언이 아닐 정도랍니다. 호호.

똑같아 보여도 서로 다른 쌍둥이는 자신들이 가진 장점을 잘 활용하면서 건강하게 무럭무럭 자라나고 있는데요. 서로 다른 성격도 자연스럽게 각자의 강점이 될 터라 문제가 없겠지만, 이왕이면 함께하는 시간과 공간에서 서로의 성향들이 전염되듯 물들어 '슬기로우며 빛나는, 빛나면서 슬기로운 보물'이 되었으면 하는 게 엄마의 바람이랍니다.

참! 이제 잘 자라준 아이들 덕분에 야외 외출이라는 나만의 시간이 생겼어요. 오랜만에 밖에 나가서 시원한 공기를 한껏 들이마시고, 주변을 살피면서 대나무를 먹었더니 가슴이 뻥 뚫리는 느낌이었답니다. 지금은 아직 보살핌이 많이 필요한 어린 쌍둥이에게 몸과 마음이 많이 가 있어서 나만의 시간이 짧지만, 이 달콤한 시간이 점점 길어질 거라는 걸 나는 알고 있답니다. 호호.

카메라로 행복 찍기

나 예쁘게 나와요?

작은할부지 퉁바오가 함께 사진을 찍고 싶나 봐요. 이런저런 포즈 취할 테니까 얼른 이쁘게 찍어주세요. 우선 함께 찍어봐요. 표정은 어때요? 이렇게, 이렇게 웃으면 되나요? 아, 미소를 지어요? 지금은 자다가 일어나서 웃을 기분은 아니에요. 대신 고개 각도만 조정해줄게요. 퉁바오도 고개를 살짝 기울이면 좀 더 예쁘게 나올 텐데, 아쉽네요. 히힛.

이번엔 내가 나무에 기대고 일어날 테니까 귀여운 뒷모습을 찍어봐요.

어때요, 치명적이죠? 히힛.

자, 이리 와봐요. 사진 예쁘게 찍어줘서 고마워요. 내가 칭찬해줄게요.

"퉁바오, 참! 잘했어요~! 루히힛!"

데칼코마니

나랑 루이랑 다르거든요!

작은할부지 통바오가 환하게 미소 짓고 있네요. 나란히 앉아서 대나무를 씹는 우리가 무척 귀여운가 봐요. 우리 앞에 와서 이름을 부르며 사랑 가득 담긴 말을 와르르 쏟아내고 있어요. 그런데 있잖아요…… 얘가 루이고 내가 후이거든요! 조금 전에 눈을 맞추고 귀엽다고 얘기해준 건 내가 아니고 루이거든요! 이어서 눈을 맞추고 사랑스럽다고 얘기해줬을 때가 나라고요!

이것 보세요. 나와 루이는 다르게 생겼잖아요! 귀 모양도 다르고, 눈 주변의 검은 무늬도, 눈동자도, 검은색 등 무늬도, 까만 코도, 'ㅅ' 자 모양의 입도, 머리 크기도, 몸무게도, 키도, 꼬리도, 다리 길이도, 털의 색깔까지 닮은 게 하나도 없는데 도대체 어디가 닮았다는 거죠? 나와 루이는 달라요, 알겠죠?

퇴근 시간

여러분께 행복을 드려요

하루의 만남을 마치고 헤어지는 시간을 우리는 퇴근이라 부릅니다.

루이와 후이 둘 다 조용히 잠든 시간에

양손 가득 꼬맹이들을 안고 안으로 들어가죠.

하루에 한 번, 쌍둥이를 안아 퇴근하는 이 순간이 참 소중합니다.

자라나는 꼬맹이들을 양손에, 한 품에 안을 수 있기 때문이죠.

슬기롭고 빛나는 루이와 후이를 양손 가득 품에 안을 때 느껴지는

이루 말할 수 없는 행복이 여러분에게도 전해졌나요?

Notes

야생동물과 사람을 잇는 사진의 힘

찰칵찰칵. 차르륵. 루이바오와 후이바오의 움직임이 빨라졌습니다. 이를 놓칠세라 셔터음도 빨라지죠. 하나가 아닌 둘이기에 쌍둥이의 행동 하나하나를 담기는 쉽지 않습니다. 둘이 거리를 두고 멀리 떨어져 있거나 오늘이 아니면 다시는 포착하지 못할 특별한 행동을 할 때는 더 애가 타들어가겠지요. 그나마 쌍둥이가 잠들면 잠시 쉬는 시간이 찾아옵니다. 한숨을 돌리고, 카메라를 정비하고, 녀석들의 표정을 다시 한번 이리저리 살펴보죠. 이처럼 판다월드에는 사진에 동물의 시간을 담는 분이 참 많습니다.

야생동물의 특성을 잘 아는 주키퍼이기에 바오패밀리를 카메라로 찍는 것이 참 쉽지 않은 일임을 저 또한 알고 있습니다. 그래서 팬분들이 찍어 올려주신 바오패밀리의 사진을 볼 때마다 어떻게 이런 장면을 포착했는지 참으로 대단하다는 생각이 들고는 합니다. 큰 노력이 필요할 테니까요. 그리고 항상 조용히 바오패밀리를 카메라에 담아주는 분이 떠오르죠. 그분은 뒤에서 묵묵히 자신만의 멋진 시선으로 주토피아의 야생동물을 주인공으로 만들어주시죠. 때로는 저와 같은 주키퍼들까지 말이에요.

사실 그분께 미안한 순간이 있었습니다. 2024년 3월 3일, 푸바오가 관람객과 마지막으로 만나는 날이었어요. 마지막이 될 판다월드에서의 행복한 모습을 눈에 담기 위해 많은 이가 푸바오를 바라보며 슬퍼하는 와중이었지요. 그때 저 멀리 저의 시선에 들어오는 한 분이 있었습니다. 언제나 그러했던 것처럼 저만치 뒤에서 서 있던 그분이 카메라 뒤에 얼굴을 숨기고 조용히 눈물을 훔치고 계셨어요. 그 모습을 보자 마음이 울컥했습니다. '그래, 맞아. 우리들만큼 그분 또한 푸바오의 탄생부터 성장까지의 과정을 쭉 지켜보셨지…….' 그분의 사진이 특별한 이유를 그때 깨달았습니다. 그분에게는 야생동물을 촬영하는 일이 단순히 일이지만은 않았던 거예요. 그 순간, 이 이야기에 함께 몰입했던 많은 이의 얼굴도 떠올랐습니다. 야생동물의 시간을 사진에 담는 분들에 대해 한 번 더 이해하는 시간이 되었어요.

어느덧 그분과 함께한 세월이 참 많이 흘렀습니다. 이제 그분은 검은 머리보다 흰머리가 더 많이 자리하고 있습니다. 하지만 늘 윤기 있는 생머리여서 항상 부러워하지요. 또 인자한 표정과 웃을 때 수줍은 눈웃음이 여전히 매력적이세요. 저는 그분을 감독님이라 불러요. 류정훈 감독님이요. 그분에 대한 고마움은, 글쎄요. 이 짧은 글로 감히 다 표현하지 못할 정도입니다. 그런데도 이렇게나마 감사의 마음을 전하고 싶네요. 그분은 오늘도 여전히 무거운 카메라를 짊어지고 바오패밀리는 물론, 주토피아의 야생동물의 소중한 순간을 사진에 담습니다. 사진을 통해 동물과 사람의 마음을 이어주고, 더 많은 이가 추억을 공유할 수 있게 해주는 참 고마운 분이지요. 함께여서 정말 영광입니다.

우당탕탕 좌충우돌 쌍둥이의 관생은 사탕보다 달콤해요

쌍둥이 아기 판다의 수다 10

쌍둥이의 달콤한 판생

오늘은 사랑하는 이에게 달콤한 초콜릿을 선물해주는 날이래요. 툥바오가 사탕 모양의 대나무 장난감을 선물해주었어요. 어쩜 이렇게 예쁘고 앙증맞은지 우리와 너무 잘 어울리는 것 같아요. 이 대나무사탕이 달콤한 이유는 우리를 사랑하는 마음과 정성이 담겨져 있어서인 걸 알아요. 언젠가 우리들이 자라서 그 마음을 꼭 알아주길 툥바오는 바라겠지만, 우리는 이미 알고 있답니다. 재밌게 가지고 놀다가 사랑 가득 담아서 툥바오에게 돌려줘야겠어요. 루히힛.

후이바오

툥바오가 준 선물이에요. 어디에 쓰는 건지 모르겠어요. 오늘이 무슨 의미가 있는 날이라고 했는데 미처 듣질 못했네요. 동그란 부분이 손에 잡기 편한 걸로 봐선 이렇게 잡고 대나무를 먹는 건가 봐요. 툥바오는 굳이 왜 대나무를 여기에 꽂아서 먹길 바라는 걸까요? 나는 정말 모르겠네요. 참 알다가도 모를 툥바오예요. 뭐라고요, 툥바오? 호랑이가, 아니 판다가 담배 피던 시절이 생각난다고요? 그게 무슨 말이에요? 후헤헷.

새로운 계절을 만끽하기

2024년 4월 2일 270일 차

먹는 거에 진심인 후이는
엄마 따라 대나무 씹기에 집중 중!

후이만큼 달리기 실력이
빠르게 늘고 있는 우리 루이!

쌍둥이는 가을과 겨울을 지나 봄이라는 계절을 맞이했어요. 엄마와 아빠들의 보호를 받아야 하는 여린 생명체이기에 그동안은 계절의 변화를 느끼기 어려웠죠. 하지만 분홍색의 작은 꼬물이에서 슬기롭고 빛나는 판다로 성장하면서 맞은 이번 봄부터는 온몸으로 계절의 변화를 체감하는 듯했어요. 하루가 다르게 대나무 먹는 실력도 늘어났고요. 자기가 좋아하는 장소에서 푹 자면서 부쩍 성장해온 녀석들이니 가능한 것이겠죠.

송바오의 카메라 공격!

밀기지 않겠지만, 요건 루이고요.

요건 후이죠!

단잠에서 깬 루이고요.

송바오의 손에 볼이 한가득 담긴 후이예요.

그럼 얘는 누구일까요?

요 녀석은요?

아이바오는 에너지 충전 중!

송바오 덕분에 나는
꿀맛 같은 낮잠을 자기도,
따스한 봄날을 만끽하기도 해요.

쌍둥이는 자기들끼리 같이 자고 놀면서 제가 쉴 시간을 마련해줘요. 하지만 가끔은 함께 시간을 보내자고 매달리면서 제 식사를 방해하기도 하죠. 그럴 때마다 작은아빠가 온몸으로 루이, 후이와 놀아주는 덕분에 나도 변화하는 계절 앞에서 충만한 시간을 보낼 수 있어요. 방사장 언덕에서 짧은 잠을 자기도 하고, 야외로 나가 자연의 변화를 충만히 받아들이기도 하면서 휴식을 취한답니다. 송바오는 저 멀리서 그런 나를 따스한 눈으로 바라봐줘요. 그의 눈빛에는 이런 마음이 담겨 있는 듯하죠. "아이바오, 너무 잘하고 있어. 정말 대단해." 그런 순간들 덕분에 나도 모르게 지나칠 수 있는 행복을 다시금 깨닫는 것 같아요.

어부바 나무 꿀잠

좋은 자리를 골라야 해요!

오늘도 엄마는 야외로 산책을 나갔어요. 후이와 나는 알고 있답니다. 따사로운 산책을 마친 엄마가 다시 우리 곁으로 돌아올 거라는 사실을요. 하지만 그동안 우리는 안전한 곳에서 엄마를 기다려야 하죠. 엄마가 그러는데요. 스스로 할 수 있는 것들이 많아지는 지금이 호기심 많은 어린 판다들에게는 가장 위험한 시기래요. 자칫 엄마와 너무 멀어져 길을 잃어버릴 수 있기 때문이죠. 엄마가 우리를 다시 찾는 게 너무 오래 걸리면, 그동안 무슨 일이 생길지 모르잖아요!

엄마는 오늘도 산책 가기 전에 제 귀에 살짝 속삭였어요. "루이야, 엄마 산책 갔다 올 동안 후이랑 어부바 나무 위에서 낮잠 자고 있으렴. 모르는 사람 따라가지 말고, 알겠지?" 나는 엄마의 사랑을 느끼며 대답했어요. "네, 엄마. 저만 믿으세요"라고요. 루히힛.

그런데 문제가 있어요. 후이를 어부바 나무에 데려오는 데까지는 성공했는데요. 말을 듣질 않네요. 졸리지가 않대요. 계속 놀고만 싶대요. 나처럼 이렇게, 이렇게 나무에 기대서 두 눈 꼭 감고 자라고 했는데도 싫다는 거예요! 그래서 엄마처럼 후이의 목덜미를 꽉! 깨물어주었어요. 어휴, 이제야 말을 듣네요. 루히힛. 이제 한숨 자고 나면 사랑하는 엄마가 돌아와 있겠죠?

있잖아요.
우리에게 어부바 나무는 침대가 아니에요.
우리에게 어부바 나무는 엄마랍니다.

장화, 아니 통바오 사랑

통바오는 내 거예요!

난 통바오가 좋아요! 내가 통바오를 좋아하는 이유는요. 처음 만났을 때부터 내가 하고 싶은 대로 다 할 수 있게 해줬어요. 나의 에너지를 다 받아주기가 쉽지 않았을 텐데, 최선을 다하는 게 느껴졌죠. 나는 누군가를 좋아하는 만큼 세게 깨물어주고 끌어안는 버릇이 있는데요. 통바오는 싫은 내색 없이 나의 사랑을 온몸으로 받아주더라고요. 감동이었어요! 하지만 이제는 통바오도 힘든가 봐요. 내가 점점 힘이 세지고 있거든요. 그래서 요즘엔 저도 통바오 대신 통바오의 장화를 깨물고 끌어안으면서 사랑을 표현하죠! 통바오도 즐거워하고 나도 마음껏 표현할 수 있어서 정말 좋아요! 그리고 내가 통바오를 좋아하는 가장 큰 이유는 말이죠. 음…… 비밀이에요! 헤헷. 이쯤 되면 내가 통바오를 좋아하는 건지, 통바오의 장화를 좋아하는 건지 나도 모르겠어요. 하지만 난 계속 집착할 거예요. 통바오는 내 거예요! 통바오의 장화도 내 거예요! 후헤헷!

쌍둥이 아기 판다의 수다 11

뚠뚠이 뚠빵이는 성장 중이에요!

툥바오가 엄마, 아빠처럼 되려면 잘 먹어야 한대요!

루이 후이야, 툥바오 말 들었지? 우리가 편식하지 않고 잘 먹어야 예쁘고 멋진 판다가 될 수 있는 거야! 그러니까 모유도 분유도 가리지 말고 다 잘 먹어야 해, 알았지?

후이 무슨 소리야? 걱정 말라고~ 난 태어났을 때부터 모유, 분유 가리지 않고 다 잘 먹었는걸.

툥바오 말대로 모유와 분유 모두 맛있게 먹고 있으니까 금방 예쁘고 멋진 판다로 성장하겠죠? 그래서 그런가? 우리는 매일매일 조금씩 뚠뚠, 뚠빵해지고 있어요. 아, 물론 몸무게를 재는 바구니가 갑자기 좁아질 때는 당황하기도 한답니다.

루이 툥바오, 우리 이제 다 컸죠?

후이 툥바오, 바구니가 왜 갑자기 작아졌어요?

송바오 음⋯⋯ 글쎄, 너희들을 위해 그건 비밀로 간직할게!

송도날드 버거

맛과 감동, 모두 담았죠

작은아빠는 천재예요! 오늘은 내가 좋아하는 재료들을 모아서 세상에 하나밖에 없는 요리를 해줬거든요. '송도날드 버거'래요! 영양식빵이 위아래로 여러 재료를 잡아주고 있는데요. 입을 크게 벌려 한입에 베어 물어야 하죠! 이 버거라는 거요. 처음 맛보는 요리지만, 정말 맛있어요! 지금까지 이 재료들을 왜 따로따로 먹었을까요? 재료들이 입안에 한데 모여 어우러지는 맛이 일품이에요! (와구와구) 역시 죽순 패티가 신의 한 수군요.

하지만 그거 알아요? 작은아빠가 만들어준 송도날드 버거가 맛있는 이유는요. 작은아빠의 사랑과 정성이 가득 들어가 있기 때문이죠. 게다가 이 요리를 먹어본 수컷 판다는 세상에서 내가 제일 처음이고 유일하대요. 이 요리 하나로 난 특별해진 거예요. 참 고마워요. 아, 잠깐만요! 제일 위 영양식빵에 새겨진 판다 얼굴은…… 혹시 우리 첫째 딸 푸바오 아닌가요? 이거야말로 눈물의 '송도날드 버거'네요. 맛과 감동, 두 가지를 한꺼번에 다 잡았어요! 후훗.

루이바오

당근의 맛

후이가 오는지 잘 지켜봐줘요!

나는 요즘 당근 먹는 연습을 하고 있어요.이빨들이 아직은 쌀알같이 작아서요. 툥바오는 내가 당근을 쉽게 씹을 수 있도록 얇게 잘라주죠. 매일 조금씩 친해지는 시간을 만들어줘야 한대요. 그럼 난 최선을 다해서 앞니와 송곳니로 잘게 잘라 먹으려고 노력해요. 오도독오도독, 식감이 얼마나 좋은지 몰라요! 아직 어금니가 없어서 더 잘게 씹을 수는 없어요. 입 밖으로 흘러나오는 게 대부분이지만 곁에서 칭찬해주는 툥바오가 있어서 당근 먹기를 더 열심히 하게 돼요. 기분도 좋고요. 루히힛.

당근을 열심히 먹는 내가 참 예뻤나 봐요! 하루는 튱바오가 통 당근을 나에게 주는 거 아니겠어요? 이게 꿈인가 생시인가 했죠. 작은 입을 최대한 크게 벌려야 했고요. 쌀알 같은 이빨이지만 힘을 내 앙, 물어봤죠! 세상을 다 가진 것 같은 기분이었어요. 앗! 저기 나의 당근을 노리는 후이가 오고 있어요. 빼앗기면 안 되니까 얼른 내 입안에 숨겨야겠어요! 아~~앙! 저디가(저리 가)! 아, 참! 당근이 그렇게 맛있냐고요? 그럼요. 당근이죠!

꿈속에서 날아다니는 뚠빵

쉽고 빠른 것보다 천천히, 안전히!

쉿! 이건 정말 일급비밀인데요. 나는요, 하늘을 날 수가 있어요. 부럽죠? 헤헷. 하늘을 날면 좋은 게 있는데, 그게 뭔지 알아요? 하늘을 날면 내가 가고 싶은 곳이 아무리 멀어도 쉽고 빠르게 갈 수 있다는 거예요. 그럴 땐 세상을 다 가진 것 같은 기분이 든답니다. 못 믿겠다고요? 직접 봐야겠다고요? 자, 보세요! 우선 이 평상 끝에 서서 두 팔을 벌리고 눈을 감는 거예요. 그리고 달콤한 상상을 하며 (흠냐흠냐) 평상 아래로 몸을 던지는 거죠. 그럼 몸이 둥실 떠오른답니다! 하나, 둘, 셋! 으악!

눈이 번쩍 떠지면서 알았어요, 꿈이었다는 걸. 오늘도 깨달아요. 쉽고 빠르게 가는 것보다 천천히 그리고 안전히 가는 게 더 중요하다는 걸요. 가고 싶은 곳에 천천히, 안전히 간다면 빛나는 풍경을 더 많이 볼 수 있고, 시원한 공기도 더 많이 마실 수 있다는 것도요.

어때요? 후이랑 함께 걸어볼래요?
저 먼 곳까지! 후헤헷.

제법 판다스러운 날들

2024년 4월 30일 298일 차

후이는 작은할부지가 준 설죽 죽순의 맛을 보고 있어요.

자다가 작은할부지에게 죽순을 건네받은 루이!
표정이 여전히 비몽사몽이죠.

죽수니의 맛에 빠진 루이와 후이,
제법 판다스럽죠?

루이와 후이는 태어나서 처음 죽순을 만났어요. 둘 다 눈이 동그래지고 귀가 토끼처럼 뒤로 젖혀졌네요! 신선한 죽순의 향긋함도 녀석들을 매우 흥분시키는 데 한몫하고 있다는 걸 느낄 수 있었죠. 등을 기대고 앉아 죽순을 움켜쥔 녀석들이 꽤나 자연스러워 보여요. 죽순의 껍질을 열심히 뜯고, 씹고, 즐기는 듯한 자세가 이제는 제법 판다답죠? 얼마나 대견한지 몰라요. 아직 어린 판다이지만 본능적으로 알고 있는 거 같아요. 이 시기에 나온 죽순은 우리 판다들의 영양을 책임지는 먹거리라는 것을요. 녀석들이 어찌나 행복해하던지 오랫동안 헤어져 있던 가족을 다시 만난 줄 알았다니까요. 호호호. 아마 죽순들도 귀여운 쌍둥이 아기 판다 루이와 후이를 만나서 무척 행복하지 않았을까요? 아유, 녀석들이 마저 삼키지 못하네요. 남긴 죽순은 제가 처리해야겠어요!

꽃놀이 1

쌍둥이한테는 꼭 두 개를 주세요!

작은할부지 툥바오가 예쁜 꽃을 선물해줬어요. 세상에! 이렇게 예쁜 꽃이 있다니, 진짜 깜짝 놀랐어요. 우리들이 알아갈 세상은 엄청난 것들로 가득하군요! 앞으로가 너무 기대돼요! 이 꽃의 이름은 벚꽃이래요. 손에 쥐어도 보고 냄새도 맡았죠. 꽃과 함께 멋지게 자세를 잡으면 툥바오가 예쁘게 사진을 찍어준답니다. 히힛. 그런데 문제가 생겼어요. 툥바오가 나뭇가지를 하나만 가져다줬거든요. 후이랑 실랑이를 하게 되었어요. 이봐요, 툥바오! 뭐든지 두 개로 가져다주세요!

꽃놀이 2

나도 꽃이랑 놀래요!

나는 어부바 나무에서 자고 있었어요. 잠깐 뒤척이다가 실눈을 뜨고 미끄럼틀에서 자고 있는 루이를 쳐다봤죠. 어라? 튱바오가 루이와 사진을 찍으면서 놀고 있네! 가만있어 보자. 앗! 루이 귀에 예쁘게 꽂혀 있는 저 노란 건 뭐죠? 또 내가 잠든 사이에 루이에게만 예쁜 선물을 줬나 봐요. 이럴 수가, 잠이 번쩍 깨네요! 안 되겠어요. 얼른 내려가서 따져봐야겠어요. 이봐요! 튱바오!

내가 잠에서 깬 걸 알고 미안했는지 튱바오가 먼저 나에게 왔어요! 노란 꽃의 정체는 민들레 꽃이래요. 아, 그러고 보니 실내 방사장 군데군데 핀 걸 본 기억이 나요. 이렇게 귀에 꽂으면 되는 거군요? 헤헷. 예쁜 내 모습에 화가 풀렸어요. 이봐요, 튱바오! 사진 좀 잘 찍어봐요. 지금 내 코가 너무 크게 나오고 있잖아요!

죽수니

루이바오

퉁바오가 죽수니를 가지고 왔어요. 하지만 난 지금 배가 부르거든요? 히힛. 지금은 나랑 놀아 줄 사람이 필요하다고요. 퉁바오는 나랑 사진 찍는 게 좋은가 봐요. 또 카메라를 꺼내 들었네요. 그러지 말고 등을 돌려봐요. 요즘은 왜 업어주지 않는 거죠? 내가 무거워져서 그렇다는 말은 하지 마요. 숙녀에게 그런 말은 실례이니까요. 어서요! 지금은 죽수니보다 퉁바오가 필요하단 말이에요! 앙!

쌍둥이 아기 판다의 수다 12

I LOVE YOUR 300 DAYS

오늘은 우리가 세상에 나와 여러분과 만난 지 300일이 되는 날이래요. 이날을 기념하기 위해 작은할부지 툥바오가 대나무로 300이라는 숫자를 만들었대요! 푸바오 언니 때도 같은 선물과 기념사진을 남겼다는데요. 우리는 쌍둥이라서 두 개를 만들었대요. 대나무로 만든, 똑같은 300이라는 숫자지만, 미묘하게 다른 부분이 있는 것이 마치 우리 쌍둥이와 같네요. 예쁜 당근 꽃도 꽂아줬어요. 우리가 하나씩 들고 있으면 정말 예쁜 사진이 되겠죠? 그런데 이번에는 툥바오가 직접 들어보겠다고 빼앗았어요. 이봐요, 툥바오! 줬다가 뺏는 게 어디 있어요? 얼른 다시 돌려줘요!

대나무 킥보드

무엇에 쓰는 물건이죠?

툥바오가 어린이날이라며 선물을 줬어요! 흠……. 이건 대체 어디에 쓰는 걸까요? 안 되겠어요. 만물박사 후이가 알아봐야겠어요! 킁킁, 냄새를 맡아보니 익숙하고도 맛있는 향기가 나요! 역시 먹는 걸까요? 맛이라면 일가견이 있는 후이가 먹어볼게요! 앙!

선물을 입에 넣고 콱 깨물어보는 후이를 보더니, 퉁바오가 달려와 손사래를 쳤어요! "후이야, 그거 그렇게 하는 거 아냐! 씽씽 달릴 수 있는 대나무 킥보드라고!" 퉁바오가 이렇게, 이렇게 올라타는 거라면서 루이와 후이 앞에서 시범을 보여줬죠! "이렇게, 이렇게요?" 아이쿠! 후이는 대나무 킥보드와 함께 바닥으로 철푸덕! 넘어졌어요. 퉁바오! 뚠빵한 나의 몸을 지탱하려면 더 큰 대나무 킥보드가 필요해요!

여름의 맛은 모히또

2024년 6월 13일 342일 차

모히또 맛이 조금은 낯선 후이!

루이와 후이는 태어나서 처음으로 여름이라는 계절을 온몸으로 맞이했어요! 우리 판다들에게 더위는 최대의 적인데요. 그래서 여름이 되면 시원하게 지낼 수 있는 그늘이나 물을 찾아다니죠. 그렇게 체온을 조절한답니다. 더위가 힘들다고 여름을 너무 시원하게만 지내서는 안 돼요. 우리 판다들이 원래 사는 곳에서처럼 봄, 여름, 가을, 겨울 사계절을 모두 뚜렷하게 느껴야만 건강하고 행복하게 살 수 있거든요. 계절마다 우리가 해야 하는 일들이 있어요. 계절을 느끼지 못하면 판다들은 혼란스러워하죠.

역시 '맛잘알' 후이는
모히또를 제대로 즐기는 중!

쌍둥이와 함께 지내는 이곳 실내 방사장에는 얼음 바위가 있어요. 더위를 잠시 시원하게 이겨낼 수 있게 도와주죠. 하지만 아직 어린 루이와 후이에게는 너무 차가울 수 있어요. 얼음 바위는 내년에 만나기로 하고요. 대신 작은아빠 송바오가 얼음 장난감을 많이 만들어주기로 했어요. 루이와 후이가 한여름의 더위를 즐겁고 시원하게 보낼 수 있도록 말이죠. 바오패밀리가 그랬듯 녀석들도 여름의 맛은 모히또라는 걸 자연스럽게 알게 되겠죠?

곧 한 살이 되는 루이와 후이는 정말 많이 자랐어요. 둘 다 30킬로그램이 넘었고요. 몸과 마음이 건강하답니다. 무척이나 기뻐요. 자라나는 녀석들을 보면서 작은 바람을 가져요. 루이와 후이도 올바른 판생을 살아가기를요. 나는 루이와 후이의 곁에서 영원히 함께할 수 없다는 걸 알고 있어요. 그래서 오늘도 녀석들의 미래를 위해 엄마로서 최선을 다해 모범을 보여준답니다.

루이와 후이가 자라면 어떤 판다가 될까요? 조심성이 많고 내성적인 루이는 생각이 많아요. 어른이 되어 자기만의 가족을 꾸리게 되면 아기에게 모든 걸 쏟겠죠. 루이가 스스로를 챙기는 데 소홀할까봐 걱정이에요. 배려심이 많고 섬세한 친구가 곁에 있으면 좋겠어요. 후이는 적극적이고 활발한 성격이죠. 에너지가 넘치니까 아이들과도 좀 더 잘 지내면 좋겠어요. 후이의 성격을 잘 이해하고 후이를 잘 리드할 수 있는 카리스마 넘치는 친구를 만나면 좋겠네요. 가끔 둘의 성격을 반반 섞고 싶다는 재미있는 상상도 해요. 호호. 아무쪼록 녀석들이 함께하는 동안 슬기롭고 빛나는 서로의 장점을 골고루 나누는 사이가 되길 진심으로 바라요. 그러면 루이바오와 후이바오는 분명히 슬기롭고 빛나는, 빛나고 슬기로운 훌륭한 판다로 성장할 거라 믿어요.

나도 아기였던 때가 있었답니다. 아기를 낳으면서는 엄마라는 이름으로 다시 태어났죠. 그러면서 엄마로서 해야 하는 헌신도, 아기로서 받은 사랑도 모두 기억났어요. 이 기억을 나의 아이들도 이어받겠죠? 내가 그랬듯이요. 그렇게 우리의 판생은 이어질 거예요. 그게 바로 우리가 해야 하는, 해내야 하는 일들이지요. 우리는 그렇게 살아내는 동물이에요. 함께일 때 최선을 다하고, 각자의 삶을 마음으로 응원하는 그런 동물이죠. 그리고 나는 또 나의 길을 흔들림 없이 나아갈 거예요. 나는 '사랑스러운 보물' 아이바오니까요.

행복의 머윗잎

자꾸만 웃음이 나요!

작은할부지는 참 대단해요. 우리가 좋아할 만한 것들을 끊임없이 선물해주거든요! 오늘은 내 얼굴보다 더 큰 잎사귀를 가지고 왔는데요. 행복의 머윗잎이래요. 이 잎에 행복이 묻어 있다나 뭐라나. 하여튼 이걸 머리에 쓰거나 우산처럼 들고 있으면 행복해진다네요!

툥바오가 행복의 머윗잎을 우산처럼 머리 위에 씌워줬어요. 자고 있는 후이의 머리 위에도 몰래 얹어줬고요. 뚠빵한 후이의 얼굴이 저 큰 머윗잎으로도 가려지지 않네요! 자꾸만 웃음이 나와요! 어라, 이게 바로 머윗잎의 행복일까요? 루히힛.

공주 되는 날

초여름의 토끼풀 화관

오늘은 루이와 내가 판다 공주가 되는 날이래요! 툥바오가 토끼풀 꽃을 모아서 예쁜 화관을 만들어 가지고 왔죠. 매년 초여름이 되면 우리가 사는 방사장에 이 꽃이 환하게 핀대요. 어디서든 흔히 볼 수 있어서 나중에 어디서든 만날 수 있을 거라네요. 그럼 이곳에서의 행복한 추억들이 되살아날 거래요! 추억이 뭔지는 아직 잘 모르겠지만, 왠지 무언가 즐겁고 소중한 것일 것 같아요!

루이는 머리에 쓰는 게 싫은지 자꾸 자세가 흐트러져요. 툥바오가 당근 사탕을 손에 쥐여주며 달래고 있어요. 헤헷. 나는 평범한 공주가 되는 건 싫으니까 약간 삐딱하게 쓸래요. 어때요? 특별한 후이 공주님 같나요? 후헤헷.

쌍둥이 아기 판다의 수다 13

후이바오

누가 누가 먼저 오르나!

루이바오

후이 툥바오가 우리의 나무를 빼앗은 느낌이 드네. 꼭 되찾아야겠어.
루이야, 나는 여기서 올라갈게. 너는 반대쪽에서 공격해줘.

루이 알았어. 우리 힘을 합쳐서 우리의 어부바 나무를 꼭 되찾자!
엇, 툥바오가 생각보다 나무를 너무 잘 타는데? 힘도 엄청 세잖아?

후이 안 되겠어. 우리 자리를 바꿔서 공격해보자!

루이 그래, 후이야! 이번엔 내가 그쪽으로 갈게!

후이 우와! 우리가 이겼어, 루이야! 드디어 툥바오를 밀어냈어! 후헤헷.

루이 그래, 우리가 이겼다! 우리의 어부바 나무를 드디어 되찾았어! 루히힛.

후이 루이야. 그런데 우리 며칠 동안 나무 타는 실력이 좋아진 것 같지 않니?

루이 어? 그러네. 어부바 나무를 즐겁게 완전 정복했어!

행복을 전하는 햇살이 뱃살이

두 배로 행복한 바오패밀리죠!

계절의 흐름에 따라 자연이 푸르게 성장하듯
햇살이 루이바오와 뱃살이 후이바오도 멋지게 자라납니다.
검고 하얀 털 아래로 슬기로운 햇살과
빛나는 뱃살이 가득 채워지지요.
1년이라는 시간을 거친 루이와 후이는
아이바오의 사랑과 러바오의 기쁨 아래
바오패밀리에게 두 배의 행복을 전해줄 거예요!

Notes

야생동물의 곁에서 행복을 지키는 주키퍼

쌍둥이는 행복을 가득 안고 판다월드에 찾아왔습니다. 이 경이로운 존재들은 바쁜 우리의 일상에 웃음을 전해주고 있죠. 루이바오와 후이바오는 같으면서도 참 많이 달라요. 조목조목 자세히 들여다보면 개성이 넘치는 생김새도, 각자의 고유한 성격도 차이가 있다는 걸 알 수 있지요. 엄마의 사랑을 원할 때, 분유를 좀 더 달라고 요청할 때, 더위나 추위를 느낄 때도 쌍둥이의 행동은 다릅니다. 루이는 신중한 면모를, 후이는 대범한 면모를 보여주죠. 한 배에서 같은 날에 태어난 쌍둥이지만 다른 성격을 가졌다는 게 신기합니다.

아기 판다라 할지라도 녀석들은 야생동물이기에 비밀도 참 많습니다. 아이바오와 러바오가 처음 판다월드에 와 경계심을 가지고 주변을 살폈던 것처럼, 푸바오가 태어나고 자라면서 하나하나 배우고 익혔던 것처럼 루이바오와 후이바오도 주변 환경이나 사람, 사물을 경계하고 관찰하죠. 그리고 천천히 하나씩 인지해갑니다. 말이 통하지 않는 이들을 위해 제때 필요한 조치나 도움을 주려면 주키퍼(Zookeeper) 또한 그들의 행동을 예리하게 관찰해야 합니다. 야생동물로서 길들여지지 않은 채 생존을 우선하며 자주적으로 살아가는 습성이 있는 그들의 행동과 표현에는 실마리가 숨어 있거든요. 그렇기 때문에 주키퍼인 저 또한 그들의 곁에서 그들의 삶과 행동을 이해하기 위해 부단히 노력해야 합니다.

주키퍼는 그들과 적당한 거리를 두고, 재촉하거나 요구하지 않으면서 존중하고, 판다로서 보여주는 행동을 있는 그대로 관찰합니다. 야생동물의 행동 하나하나를 집중해 살펴보면서 어제도 오늘도 별다를 것 없어 보이는 동물의 작은 변화를 감지하는 것이죠. 그 과정에서 '왜?'라는 끊임없는 질문을 던지고, 이를 통해 행동의 원인과 답을 찾습니다. 일과의 시작부터 끝까지 대상을 예리하게 관찰해내는 일이 주요 업무라 할 수 있지요. 관찰한 것을 혼자 분석해보기도 하고, 동료 여럿이 모여서 함께 토의하기도 합니다. 특정 행동을 이해하는 데 몇 년이 걸리기도 하죠.

이 모든 과정은 야생동물의 행복을 지키기 위해 필요합니다. 그러니 절대 쉽지 않아요. 처음부터 잘할 수 없기에 노력과 고뇌의 시간, 농익은 경험을 쌓아가야지요. 우리 앞의 동물이 행복한 삶의 방향으로 나아갈 수 있게 도와줘야 하니까요. 그것이 주키퍼라는 직업이 가진 숙명입니다.

이제는 압니다. 관심이 없으면 의미 있는 관찰을 할 수 없고, 그런 관찰을 하지 않으면 지혜를 얻을 수 없다는 사실을요. 바오패밀리의 곁에서 얻은 가장 큰 배움은 바로 이 깨달음이에요. 오늘도 나는 주키퍼로서 바오패밀리의 곁에서 보고 배우고 바로잡고, 다시 또 배우면서 스스로를 발전시켜 나가고자 합니다. 그들의 행복을 지켜주기 위해서 말입니다.

안녕?
루이바오, 후이바오.

나에게 2023년 7월 7일은 또 한 번의 기적이 이루어진 날이란다.
왜냐하면 국내 최초 쌍둥이 아기 판다인 너희들을 만났기 때문이야.
엄마인 아이바오는 너희들을 낳고
자식으로 받아들이며 판다로서 많이 성장했어.
세상에서 가장 예쁜 판다 아이바오, 참 대단하지?
너희들도 분명히 엄마처럼 훌륭한 판다로 성장하게 될 거야.

게다가 엄마와 함께 너희들을 사랑으로 보살피는 일은
미숙한 나를 계속 성장시켜주는 큰 기쁨이야.
판다월드에서 너희들과 기적처럼 만나
함께 이야기를 쌓아갈 수 있다니, 얼마나 행운이니?

혼자가 아닌 둘이기에 너희들을 보살피는 일은
두 배의 에너지가 필요하기도 하지만
서로 다른 매력을 가진 너희들을 대할 때면
두 배 이상의 행복을 느낀단다.

무엇보다 너희들의 모습에서 엄마, 아빠, 언니와 닮은 모습을
보물찾기하듯 찾아볼 수 있는 건 굉장한 축복이구나 싶어.

푸바오 언니를 떠나보낸 뒤에 만난
너희들에게 정말 큰 위로를 받아.
너희들이 우리와 함께여서 다행이야.
그 고마움, 잊지 못할 거야.

난 요즘 매일 다짐해.
푸바오 때의 경험을 통해 성장한 자세로
너희들의 행복을 위해 노력할 것을 말이야.
매일매일 너희들과의 만남에 최선을 다할게.

우리 함께 앞으로의 시간을 슬기롭고 빛나게 만들어가자.

사랑한다,
루이바오, 후이바오.

쌍둥이의 영원한 작은할부지,
송바오가

1
RUIBAO
HUIBAO

작가의 말

슬기롭고 빛나는 선물
루이바오, 후이바오와의 행복한 동행

우리의 영원한 아기 판다 푸바오와 이별을 준비하던 2023년 여름, 쌍둥이 아기 판다 루이바오와 후이바오가 판다월드에 찾아와주었습니다. 또 한 번의 기적이 일어난 것 같았죠. 푸바오와 함께할 시간이 얼마 남지 않은 때라 기쁨과 걱정, 다행의 감정이 동시에 밀려들었어요. 주키퍼이자 작은할부지 송바오로서 저는 푸바오만큼 똑같이 소중하고 특별한 쌍둥이에게 부족함 없는 정성을 쏟겠다고 다짐했습니다.

푸바오를 중국으로 떠나보낸 날이 떠오릅니다. 함께이기에 더 행복했던 만큼 슬픔 또한 컸지요. 시간이 흘러 중국에서 열심히 적응하며 잘 지내는 푸바오의 소식과 영상을 접하는 요즘, 저는 무척 대견한 마음으로 그의 행복을 응원합니다. 비록 멀리 떨어져 있음에도 우리의 이야기가 해피엔딩이 될 수 있던 건 모든 순간을 함께해준 여러분이 있기에, 푸바오를 위해 올바른 선택을 한 덕분입니다. 감사합니다.

이미 푸바오와의 이별을 경험했기 때문일까요? 루이바오와 후이바오에게 선뜻 마음의 문을 열지 못하시는 분들이 계시는 듯합니다. 맞습니다, 멸종위기에 처한 판다의 현실 앞에서 루이바오와 후이바오 또한 훗날의 이별이 예정되어 있지요. 하지만 우리는 알고 있어요. 함께하는 순간, 서로에게 진심으로 최선을 다하면서 행복을 채워나가야 한다는 사실을요. 함께한 기억이야말로 이별 후 각자에게 주어진 삶을 향해 용기 있게 나아갈 수 있는 원천이 된다는 것을, 또 서로를 믿으며 계속 응원하는 마음이 있다면 우리는 언제나 이어져 있다는 것을요. 그것이야말로 푸바오가 우리에게 선사한 진정한 보물이죠. 게다가 우리는 주변의 동물까지 돌아보는 넓은 시야까지 갖게 되었네요. 참으로 감사한 마음입니다.

루이바오와 후이바오는 쌍둥이 아기 판다로서 그들만의 이야기를 만들어나갈 겁니다. 그들이 지금까지 보여준 생명의 경이로움만큼이나 슬기롭고 빛나는 보물 같은 이야기가 되겠지요. 바오패밀리를 통해 성장하는 우리들에게 그들의 이야기가 큰 의미가 되듯, 앞으로 더 나아가야 할 쌍둥이에게도 여러분의 관심과 사랑이 함께여야 합니다. 행복을 주는 보물 푸바오가 그러했던 것처럼요.

루이바오, 후이바오와의 추억을 차곡차곡 담은 《전지적 루이&후이 시점》이 각자만의 슬기롭고 빛나는 보물들을 아주 많이 발견하는 행복한 동행이 되면 좋겠습니다. 더 나아가 푸바오와 루이바오, 후이바오를 향한 관심과 사랑이 더 많은 야생동물에게 이어지고 확장되길 진심으로 바랍니다.

쌍둥이 아기 판다의 슬기로운 도전 빛나는 시작

전지적 루이&후이 시점

초판 1쇄 발행 2024년 7월 31일
초판 2쇄 발행 2024년 9월 2일

글·사진 에버랜드 동물원 송영관 류정훈
펴낸이 최순영

출판1 본부장 한수미
컬처 팀장 박혜미
편집 이문경
디자인 김준영

펴낸곳 ㈜위즈덤하우스 **출판등록** 2000년 5월 23일 제13-1071호
주소 서울특별시 마포구 양화로 19 합정오피스빌딩 17층
전화 02) 2179-5600 **홈페이지** www.wisdomhouse.co.kr

ISBN 979-11-7171-237-3 03810

에버랜드 동물원은 중국야생동물보호협회,
중국 자이언트판다 보호연구센터와 함께
자이언트판다의 보호 및 보전에 노력하고 있습니다.